U0101391

四海漫游

北京篇

《四海漫游》节目组编

华艺出版社

四海漫游

——北京

◎ 节目中的我一直自称阿龙，以至于许多人还不知道我的真名，卢文龙。

◎ 用时下的话说，我也属于八零后，在大家的眼里，这个年纪应该是活泼好动甚至有些叛逆的，但我不是。所以我也曾怀疑过自己是否生错了年代。

◎ 对新鲜事物我并不抵触，也会了解一些，只是不会亲自尝试罢了。

◎ 我更喜欢的还是历史人文和我们中国源远流长的文化。

◎ 我信奉一句话"读万卷书，行万里路"

◎ 自从担任了北京电视台《四海漫游》的节目主持人之后，我发现梦想和现实还是有交汇点的。

◎ 让梦想跟上心灵的脚步，一起《四海漫游》吧！

旅游和旅行最大的区别：游是心灵的释放，行是感观的体验。无论是游还是行，只要走出这一步，足以改变你的一生。

——凌　英（制片人）

让世界离你我近一点，请打开《四海漫游》吧。

今天《四海漫游》的第一本书，您或许以为《四海漫游》＝ 这里是北京；明天《四海漫游》的第N本书，您一定相信《四海漫游》＝ 这里是世界

——谭　焱（主编）

做《四海漫游》十三年来，我的体会就是一种收获，一种美景的收获，一种知识的收获，一种情感的收获，也希望看了这本书以后能够有所收获……

——张　楠（主编）

不经历风雨，怎见灿烂的彩虹。四海漫游十三年风风雨雨后的美丽彩虹，与您一起分享。

——李晓军（编导）

知识是在行走中获取的，人生是在旅行中度过的。游遍五大洲，行遍七大洋，是一个四海漫游人最大的愿望！

——陈　佳（编导）

目 录

闲话八大处

八大处的鸟瞰图

　　八大处公园位于北京市著名西山风景区南麓。公园内有八座古寺(灵光寺、长安寺、三山庵、大悲寺、龙泉庙、香界寺、宝珠洞、证果寺)，"八大处"由此得名。八大处最有盛名的就是它的镇寺之宝——佛牙舍利和弥漫着神秘气氛的香戒寺。

佛牙舍利

　　北京的寺庙有很多，每座寺庙都有自己的镇寺之宝。比如雍和宫里的大佛，智化寺里的京音，还有云居寺里面的石刻等等。对于位于石景山区北部的西山八大处来说，最出名的要属二处的灵光寺了，它出名就出名在这寺院里的镇寺之宝——佛牙舍利。

　　这颗佛牙舍利怎么会在北京八大处安家落户？

　　释迦牟尼佛约在公元前534年的5月月圆日夜半在印度拘尸那伽城(Kushinagar)入大涅槃。佛陀的遗体火化之后，当时印度各部族国王闻风而至，并且都率领精兵强将，扬言不惜生命，不惜代价也要取得舍利。在此紧急关头，拘尸那伽的大波罗门香姓建议均分舍利，以避免引起争战。此建议被前来争夺舍利的八国国王接受，于是舍利被分为八份，每国一份各自请回建塔供奉。这次事件在佛教史上被称为"八分舍利"。在以后漫长的历史中，佛舍利因各种因缘，逐渐流散到世界各地。

　　至于当时得到的舍利到底有

现在世界上仅存两颗佛祖释迦牟尼圆寂火化后的牙齿舍利。

哪些种类，从流传至今尚可瞻仰的舍利及佛教典籍中的记载可知，大致可分为两种：一种是未烧化的骨舍利，如四颗牙齿、一枚手指骨、两根锁骨、部分头顶骨及几根头发等。另外一种是如五色珠般光莹坚固的舍利子和白色珠状舍利，这类舍利存世较多，据说一共有八万多颗，现在许多国家都可看到。

根据《大般涅槃经》等经典的记载，佛陀的遗体火化以后帝释天主和海龙宫请去两枚牙齿供奉。现在，留在我们这个世界的佛牙舍利只有两颗了。一颗被视为国宝珍藏在斯里兰卡，另一颗现在就供奉在八大处。

这颗弥足珍贵的佛牙舍利是如何传到中国的呢？

一说西天取经。说到西天取经，人们只知道东土大唐的唐僧还有就是那部经典名著《西游记》。其实早唐僧二百多年，在南北朝的时候就有一位叫法显的高僧，他带着五名弟子西游印度诸国，历尽千辛万苦带回了大量的经书。此次西行法显还有一个重要的收获就是他在于阗，也就是现在的新疆，找到了一颗佛祖释迦牟尼的佛牙舍利，并且把它带回了当时的首都金陵，也就是现在的南京。后来隋朝统一天下，这颗舍利被奉迎到都城长安。但好景不长，到了五代时期，中原兵荒马乱，佛牙舍利几经辗转，传到了北方辽国的燕京，最后落户在西山的八大处。

法显——第一位西天取经的中国高僧。

另一说来源于历史记载。公元前185年，古印度中部布砂密多罗王统治时期以婆罗门教为国教，对佛教寺院和僧侣进行了大肆摧毁和杀戮，中印度的800多座佛塔被破坏殆尽，佛教史上称为"中印度法难"。

在这次法难中，一些侥幸存活的僧尼在佛塔中抢出佛舍利逃往各地，有些僧人甚至割开皮肉将舍利隐藏起来逃出国境。在此后的数百年间，释迦牟尼佛的舍利逐渐流散到印度以外。其中一部分向东传入斯里兰卡等佛教国家；一部分向西传入乌苌国(今巴基斯坦境内)。公元371年，古印度迦伽国遭到邻国攻打，国王哥哈赛瓦担心境内的佛牙舍利被敌国抢去，便命女儿赫曼丽公主将佛牙送往斯里兰卡，交给兰卡国王吉特刹利弥文供养。这便是现在世界上仅存的两颗佛牙中的一颗、供奉在兰卡康提佛牙寺的"锡兰佛牙"的由来。

　　而传到巴基斯坦境内的佛牙，后来再传到于阗国(即今中国新疆和阗县)。五世纪中，南朝高僧法显西游于阗，从而把佛牙带回南齐首都南京。隋代统一，佛牙被南齐送到长安。后五代时期，中原兵乱，佛牙辗转传到当时北方辽国的燕京，即现在北京。《辽史.道宗本纪》，有咸雍七年(公元1071年)8月将佛牙舍利安置在"招仙塔"的纪录。这便是八大处佛牙舍利来源的历史记载。

　　据说佛祖舍利传到中国有十九件之多，现如今被我们发现的只有两件，一件是陕西的法门寺里供奉着的佛祖指骨舍利，另一件就是这八大处的佛牙舍利。当这颗佛牙舍利传到燕京城时，辽国皇帝决定要把它好好珍藏。于是他们在灵光寺修建了一座13层的画像砖塔，取名招仙塔，

佛牙舍利塔

　　塔高五十一米，八角十三层密檐式，在造型上保持了中国古典佛塔传统。全塔为砖石结构，塔身采用唐宋时期北方流行的单层密檐形式，宽阔的底座以汉白玉石为塔基，每层配以绿色的琉璃瓦，塔顶安有鎏金宝瓶，塔内分为七层殿堂，底层四壁嵌镶碑刻经文，有石梯上达佛牙舍利。堂内以七宝舍利供奉佛牙舍利。1964年6月25日，中国佛教协会在此举行隆重的开光典礼。

专门供奉佛牙舍利。据说到清朝末年的时候，这座塔还在，当时的灵光寺香火依然很盛，而且每年3月15的香会非常的热闹。后来，八国联军打进了北京城，义和团奋起抗击，他们在灵光寺内设置分坛，杀了当地教堂里的洋人和勾结洋人的恶霸。导致八国联军前来镇压，架起大炮轰击灵光寺，招仙塔于是被轰塌了。第二年，和尚们在清理塔基的时候，意外的发现了一个石函，里面放着一个沉香木盒，上面有"释迦牟尼佛灵牙舍利"的墨字。就这样，深藏了八百多年的佛牙舍利终于再次出现在人们的面前。

八大处灵光寺现在供奉佛牙舍利的宝塔是1958年新建的，佛牙舍利就安放在这座塔的地宫中，来这里的游客都想亲眼目睹佛牙舍利。佛牙舍利面世算起来也已经有一百多年了，可是亲眼见过它的人并不多。见过佛牙舍利的人都有一个共同的印象，就是它很长。用一个简单的比喻来说，它有一般的打火机那么长。人的牙齿会有这么长吗？据查阅了佛经有关释迦牟尼的记载，发现佛祖的身高足有两米开外。如果这个描述是真的话，那佛祖的牙齿长于普通人就是很正常的事情。另外还有一种可能存在：佛牙舍利现在是供奉在镶满宝石的金塔中，为了方便人们瞻仰，它前面放有一个放大镜，因此出现一些视觉偏差也是有可能的。

香戒寺

八大处里最大的寺庙在六处，名叫香戒寺。香戒寺是八大处的主寺，始建于唐代，距今近1300年历史。此寺唐代时叫平坡寺，明代叫圆通寺，清康熙时叫圣感寺。香戒寺的名字可很有些来历。据说以前这个六处寺里的和尚们，总是去采些山里的松枝、松树花，作为焚香来供佛。这是很原始的供佛方式，在松枝、松花点完了之后，周围总会有种特殊的香味。有一天，乾隆皇帝游览到这里，还没进庙门呢，就闻见这香味。他兴致一来，大笔一挥就给这个庙改名叫香戒寺了。在这之前圣感寺是乾隆的爷爷康熙给起的，康熙皇帝为什么要把这寺叫圣感寺呢？

据说当年康熙皇帝来八大处上香礼佛，走到六处的大殿跟前，也许是爬山累了，也许是山路走的多了，他忽然俩腿一软，跪在了地上，而且跪下就起不来了。这时候康熙的眼前浮现出了观音菩萨的形像。康熙皇帝大吃一惊，过了半天才缓过神来。等他站起来之后，一琢磨，这事不对，快来人，在我跪倒的这个地方挖，结果竟然挖出了一块石碑。康熙觉得这事情太神奇了，于是大书"敬佛"二字刻在了石碑上。原来这挖出来的碑是明朝这个庙里的一个旧碑，一边是碑文，一边是菩萨像。康熙叫把老的碑文铲

香戒寺内挂满祈福红布条的虬龙松

香戒寺，乾隆梦会香妃的地方，每年成千上万的人来到这里，挂上红布条，许下一个个美好的心愿，作为祈福。

下去，新刻上"敬佛"二字。但碑身另一边的菩萨像还是以前的。这幅菩萨像是典型的明代佛教艺术品，风格与法海寺的明代壁画一脉相承。最特殊的，这是一幅男人面貌的观音像，从嘴角上留着的胡子就可以一目了然。观音菩萨的这种造像风格在北京可是不多见的。于是，从这以后，这寺就叫"圣感寺"了。

香戒寺在清朝的时候除了是皇帝上香礼佛之所在还曾是皇帝的行宫。八大处当年吸引清朝的皇帝，让他们把这里当作行宫的一个原因是，在他们去香山避暑休息期间，在香山呆烦了就会顺着香山和八大处之间一条非常清幽的古香道一溜达就到八大处了，不容兴师动众就到达另一个清幽的所在。此外，八大处还有一个地方非常吸引清朝的皇帝，就是八大处的僧人修行都高，总能帮皇帝们答疑解惑。僧人们不仅能和当时的天子从佛经禅义到治国方略提出自己的建议，而且，皇帝假如不想谈国事，离开紫禁城就只想休息，僧人还可以和他们来点通俗的，谈一些家长里短，让天子们觉得这些僧人少有的称心。这其中最让清朝的天子称心的事莫过于有一年乾隆在这里通过一个僧人的帮助和他一个已经死去的妃子见面约会的事情了。这就是八大处有名的传说"香妃魂飘"。

相传一年夏天，乾隆帝来到香戒寺避暑，寺中的桂芳和尚到行宫接驾。品茶之中，桂芳发现皇上龙颜消瘦、双眉不展，面带愁容，不禁心中暗暗纳闷，但又不敢直言多问。便寻机向乾隆的贴身太监探询，那太监常陪皇上来行宫避暑，与桂芳交往甚密，便一一告诉了桂芳。

桂芳和尚的塑像

就是在这位号称鬼王菩萨的和尚桂芳的帮助下，乾隆得以穿越阴阳阻隔，和自己的爱人再续良缘。

原来，皇上最宠爱的一个妃子因病猝死，皇上思念成疾。那妃子就是香妃。香妃天生丽质，身有异香，美貌绝伦。她家世居南疆叶尔羌（今莎车），兄长因不满霍集占虐政，举家搬到伊犁。其兄在反对霍集占之乱中，心向清朝，立下功劳。事后他就受到乾隆的征召，来到京师，后来长住在北京。香妃入宫后受到皇太后的喜爱和乾隆帝的宠幸，生活过得很幸福。

离开自己的家乡，尽管身处繁华之地，香妃仍然免不了常常思恋自己的家乡。为了减轻香妃的生疏孤寂之感，乾隆不惜重金大兴土木，为她在宫外修建宝月楼，作为金屋藏娇之所。并在楼南隔街建"回子营"修礼拜寺。乾隆御制诗中，有关宝月楼的诗很多。比如，乾隆25年（1760年）夏月，有诗云："轻舟遮莫岸边维，衣染荷香坐片时；叶屿花台云锦错，广寒乍拟是瑶池。"很显然，这里的嫦娥就是指他心爱的香妃。乾隆28年（1763年）新年又做诗云："冬冰俯北沼，春阁出南城。宝月昔时记，韶年今日迎。屏文新莆禄，镜影大光明。鳞次居回部，安西系远情。"乾隆自注："楼近倚皇城南墙。墙外西长安街，内属回人衡宇相望，人称'回子营'。"

乾隆53年（1788年）4月19日，香妃因病去世，年55岁。听到香妃病故的消息，乾隆十分悲伤，日思夜想，渐渐就龙颜憔悴。

桂芳听罢，沉思良久，接着闭目诵经，一卷经文诵罢已是皓月当空了。趁着月光，桂芳来到行宫，只见皇上独对清灯，手拿翠玉指环反复观看，那指环是香妃生前佩戴的饰物。皇上睹物思人，更添几分惆怅。皇上见桂芳深夜来访，问他何事。桂芳说："圣上心事，贫僧也略知一二，愿召香妃之魂与圣上相见。"皇上大喜，对桂芳说："只要能与香妃一见，了却朕的心愿，日后必赏重金，缮修宝寺。"

桂芳命人抬来一面金铜宝镜，置于大殿正中。那铜镜高一丈五尺，宽约六尺，镜框是金银珠宝镶成的精细花纹，人的一举一动皆可以从镜中映射出来。桂芳又从藏经楼取出还魂真经，点灯焚香。一时间，大殿之上香烟袅袅，宝镜生辉。桂芳轻声叮嘱乾隆，待到子时沐浴后静坐远观，千万不可近前，待香妃诉说心愿后，皇上可再起身相送。

一切准备停当，桂芳盘膝而坐，闭目诵经。深夜子时，乾隆忽觉耳边似有隐隐音乐之声，仔细分辨，竟是那香妃生前最爱听的蕃邦音乐。刹那间，音乐嘎然，铜镜放出一道光芒，把整个大殿照得雪亮。乾隆帝正在惊愕之中，只见镜中一女子向自己飘然走来，一股奇香，阵阵袭来，沁人心脾，活脱脱一个香妃。皇上一见不觉动情。只听香妃说道："圣上驾临，奴万感之至，唯有一语相告。"皇上听到香妃的声音，不禁热血涌溢，急奔过去拉住香妃的玉手说："朕害杀你也！"眼泪便如潮水涌出。见此情形，慌得桂芳和尚急忙跪下，双手抱住皇上的腿，不住地说："圣上请退后，香妃有话要说。"皇上一心想着香

鬼王菩萨坐化佛像 ● ● ●

原来这个佛像是肉身，文革中遭到破坏，现在的这个佛像由汉白玉雕成。

妃，根本没听清桂芳和尚的话。这时，只听金石迸裂般一声巨响，那宝镜碎裂成粉，霎时，香妃的身影不见了，大殿之内似有音乐在飘荡，隐隐听到："悠悠情，依依息。歌短促，明月缺。念皇恩，思乡切。一缕香魂两相携。香魂西飞回故土，不忘皇恩浴西蕃。"慢慢地，那音乐消失了，东方透出微曦，乾隆仿佛从梦中惊醒，见那铜镜确实碎裂成粉，那歌词与音乐还记忆犹新。乾隆一想，这分明是香妃最后说的话，意思是送她回故乡啊！

回宫以后，乾隆即命人护送香妃遗体回故乡，埋葬在喀什。乾隆了却了香妃的遗愿之后，精神一天天好起来，并御赐重金修缮了香戒宝寺，封桂芳为鬼王和尚。

在民间传说中这位桂芳因为法力无边，能管鬼魂，因此又叫他鬼王菩萨。虽然以上都纯属民间传说，不能当真，但是有几件事实可以佐证这位桂芳和尚还是有很深的功力的。八大处的第七处名字叫宝珠洞。据说桂芳和尚到了晚年，想再找一个更清静的地方修行，他就来到七处，运起神功，用手指挖出了这个宝珠洞。从此之后他就在山洞修行直到坐化，前后一共有四十年。桂芳和尚坐化后留下了肉身，在文革前还完好的保留在宝珠洞里。后来肉身被破坏了，现在人们只能用一个汉白玉雕成的佛像来替代，供奉在宝珠洞里。肉身这个事实就能证明桂芳和尚应该是个得道的高僧。

宝珠洞的全景图

这就是桂芳和尚坐化的宝珠洞，它上面有弥勒殿压着，前面有观音庙挡着，估计桂芳和尚对这样的安排也不是很满意。可惜，他已经回天无力了。

　　来过宝珠洞的朋友，还会留意这里有一个非常奇怪的现象。洞的前面被一座观音庙堵着，洞的上面还被一座弥勒殿压着。按理说桂芳和尚不应该有什么仇人，既然这样，会是什么人用如此手段对待他呢？这个人不是别人，就是乾隆皇帝。在桂芳和尚坐化之后，乾隆念其救命之恩前来吊唁。结果他发现桂芳和尚死而如生，双目直视京城。乾隆一看这阵势害怕了，如此高人在这里洞察我大清江山，他会不会影响到我大清朝的社稷安危？得了，我一不做二不休，在你前面建观音庙挡着你，在你上面盖弥勒殿压着你，量你桂芳和尚再是鬼王菩萨，也不会危害我大清基业了。

　　乾隆放心他的江山社稷了，桂芳有再大的神功从此却束手无策了。

解密白云观

白云观

道教全真第一丛林——北京白云观位于北京西便门外，是道教全真三大祖庭之一，也是"文革"中北京很少没被破坏的寺庙之一。

位于北京西便门外的白云观，距今已经有1200多年的历史，是北京现存最大的道观，也是道教的全真祖庭之一，素有"道教全真第一丛林"之称。

白云观创建于唐玄宗开元年间，起初名叫"玄元皇帝庙"。玄元，就是指"老子"，唐朝的皇帝们自称是这位圣人的后代，也不管老先生在天之灵愿不愿意，非要给他追加一个"皇帝"的封号，并且下令各地都要建庙供奉。皇帝的生日又叫"天长节"，所以，这座"玄元皇帝庙"也称"天长观"。

1160年，一场大火将天长观烧了个片瓦不留。1167年，金世宗下令重修，四年之后，大规模的重建工作才结束。建成以后，金世宗亲自到场为道观剪彩，并在原来的观名之前加了一长串形容词，改名为"十方大天长观"。重修之后的天长观颇为雄伟壮观，规模很大，但是没过多久，天长观再次遭遇大火。第二次又重建以后，天长观被改名为"太极殿"，估计是想让观内的阴阳调和一下，希望"火"气不要太旺了。后来，金世宗又赐了一块"太极宫"的匾额，遂将"太极殿"改成为"太极宫"。此后，蒙古人的崛起使金人整天忙着戍边，没空来这里参道打坐，太极宫也就渐渐荒废了。

在成吉思汗南征北战的日子里，宗教成了他统治被征服者的另一种武器，以至于元朝的各种宗教都很兴盛。此时，在登州（今山东）出了一名叫丘处机的道士。丘处机19岁便拜在道教全真派祖师王重阳的门下为徒，修炼得道，继承了师父的衣钵，成为全真教的掌门人。

丘处机生于1148年，山东人，自号"长春子"，是著名的"全真七子"之一。1217年，他成为全真教第五任掌门。当时，随着蒙古人挥师南下，中原成了砧板上的鱼肉等着别人的宰割。很多的苦闷青年看不到国家的出路，便纷纷皈依清净之门，寻找心灵的寄托。很多穷苦百姓为了苟延残喘，保住性命，也甘愿做和尚或者道士。所以当时各种宗教势力都很大，金、南宋和蒙古人都想借助这些力量来加强自己的统治，皇帝也甘愿放下架子，主动召见各门各派的头目。当时的全真教有"全真徒满天"之语，全真教在北方声名大振。而年届七旬的丘处机鹤发童颜、碧眼方瞳，于是外界纷纷传说他精通"长生不老之术"和"治天下之术"。这些传言也传到了率军西征花剌子模国的成吉思汗耳朵里。此时的大汗已是耳顺之年，感到精力日衰、老之将至，身边人又向他进言：丘处机行年300余岁，肯定有长生之术。这样的神仙应该赶紧请来。于是，1219年，成吉思汗写下一封言词谦虚、恳切的诏书，派刘仲禄前去邀请丘处机。

成吉思汗

成吉思汗原本是向丘处机讨要长生不老之术，丘处机借机给他上了重要的一课，让他知道"天道好生恶杀"的道理。

1222年初夏，经过长达数年的跋涉丘处机终于到达了大雪山(今阿富汗兴都库什山)，见到了成吉思汗。成吉思汗见丘处机果然是仙风道骨，十分高兴，便开口向他讨要长生之术和长生不老药。丘处机显然早有心理准备，他说："我只有延年益寿的养生之道，没有长生不老的药。"而唯一的养生之道就是："清心寡欲为要"，即："一要清除杂念，二要减少私欲，三要保持心地宁静。"

在以后二人朝夕相处的日子里，丘处机不断以身边小事来劝诫成吉思汗。有一天，成吉思汗打猎射杀一只野猪时突然马失前蹄，可野猪却不敢扑向成吉思汗。丘处机抓住这个机会入谏说："上天有好生之德，陛下现在圣寿已高，应该少出去打猎。坠马，正是上天告诫陛下。而野猪不敢靠近，是上天在保护着陛下。"成吉思汗对此十分信服，告诉左右人说："只要是神仙的劝告，以后都照做。"又有一次成吉思汗过桥时，桥一下子被雷劈断了。丘处机便说，这是上天在警告不孝顺父母的蒙古人。于是，成吉思汗就诏告国人，听从神仙的指示，要尽孝道。丘处机一再强调："天道好生恶杀，治尚无为清净之理"，也就是说，治国要清净无为，不要杀戮，才合天理。丘处机的话，即使未能立即发生效用，但潜移默化的效果，显而易见。成吉思汗临终前一个月，正式下达诏令，不准杀掠。

善战的蒙古人，因为丘处机知道争取民心的重要，知道武力不足以凭恃，统一大业不能单靠军事靠蛮力靠威胁靠恐吓，丘处机为统治者上了很重要的一课。

丘处机是中国历史上有一位具有传奇色彩的历史人物。金庸先生在《射雕英雄传》中提到过这段他向成吉思汗进谏的历史。丘处机率领门徒不远万里前往西域大雪山，向成吉思汗进谏治国之本，在小说中，为了突出郭靖的大侠形象，金庸将丘处机的"西行"处理得并不突出。然而在真实的历史中，丘处机师徒这一路却颇不平凡。他们历经磨难，有的人甚至付出了生命，最终得以面劝成吉思汗体恤百姓，解救万千黎民苍生。在这段历史中丘处机的贡献要比郭靖大得多。

1224年，丘处机定居燕京，住进了太极宫，从此太极宫改名为"长春宫"。

丘祖殿里瘿钵

这就是乾隆御赐的可以向皇帝化缘的瘿钵，它的下面埋着一代奇人丘处机。

此时的丘处机已经是名震朝野的名人了。所以当他提出要对长春宫进行大规模修建时，观里的小道士们还没来得及出去化缘，长春宫门口就已经挤满了前来掏腰包的信徒了。在丘处机的主持下，三年之内，长春宫焕然一新，又恢复了昔日十方大长天观的气势。1227年，丘处机丘道长羽化以后，真身放在瓮里就葬在丘祖殿，到了明正统八年扩建的时候，一起瓮，一股白云平地而起，大家都以为这白云是丘处机显灵了，从此以后长春宫就改叫白云观了。如今在丘真人下葬的地方，摆了一个稀罕物，叫做瘿钵，是乾隆皇帝御赐的，整个钵居然是用一个完整的树瘤做成的。据说哪天白云观要是没饭吃了，道士们便可以抬着它，直入东华门，去向皇帝化缘，这又为白云观由来的传说增添了一份神秘！

元朝末年白云观毁于战火，明成祖迁都之后，便有修复的想法。但是由于毁坏得太严重，连旧址都很难搞清楚，所以便在仅存的白云观的基础上重新扩建。此后明清两代，白云观经过不断的整修、扩建，终于成了今天人们见到的样子。

丘处机开创的道派被尊为"龙门派"。由于丘处机葬于白云观，所以这里成了龙门派道士们朝拜祖庭的地方，这就使得白云观在各个道观中的地位日益提高，逐渐演变成为"全真第一丛林"。数百年以来，来"龙门祖庭"拜祖的门徒不计其数，以至于观内香火旺盛，有时住观道士达数百人。

不光教徒们时刻挂记着他们这位传奇的祖师，在民间，人们也组织了不少活动来纪念他。每年的正月十九日，白云观都举行庙会，民间俗称"燕九节"或作"宴丘节"。据说，正月十九是丘处机的生日，这一天，他会化作乞丐或者仕女混在人群当中，有机会能够和他相见的人能够消除百病、延年益寿。于是每年的这一天，百姓们纷纷来到白云观前"会神仙"；白云观的庙会变成了老北京过年的一道独特风景。

在白云观东路斋堂的东北角原来是一个塔院，里面有一座罗公塔，其造型是一座八角三级(砖石结构)的古塔。雕花细腻，庄重古朴，现如今塔院的院墙已经被拆了，原来塔院的边上还有座关帝殿，里面供着关羽、周仓、关平。现在塔院已被改成了中国道教协会的家属宿舍，只有一座罗公塔还孤零零的矗立在那儿。罗公塔供的罗道士，就是剃头界的祖师爷。

关于罗道士的传说很多，或言其为状元，或言其为丞相，或言其为道教全真羽士，或言其为和尚。罗道士的真名已不可考，江西人（也有人说是湖南人）。据说当年雍正皇帝患头疮很严重，太监每次为雍正请发（剃头）及打辫子（梳发辫）总是感到棘手，常常挨板子，甚至脑袋不保。后来雍正只好从民间找人进宫伺候，吓得京城的梳头匠个个自危，有的出逃，有的甚至改行了。

罗道士知道此事后，就主动报名进宫给雍正梳头。罗道士梳头，雍正感觉不疼不痒很舒服，头疮逐渐痊愈，这样罗道士就拯救了京城的剃头业。后来他羽化在白云观，被敕封为"恬淡守真人"，亦葬在白云观。剃头业便把罗道士供奉为祖师爷，定期要到白云观祭拜罗公。

白云观院内这座罗公塔，就是罗道士的坟冢，当年定期祭拜罗公也在

罗公塔

这就是罗公塔，供奉的是当年因为为雍正梳头治愈他的头疮从而拯救了京城梳头业，被尊为剃头界的祖师爷的罗道士。

这里。

白云观西跨院里的元君殿也值得一提。这座大殿建于乾隆二十一年，当时称为子孙堂。里面供奉着五位神仙，一位是眼科医生，其他四位是妇幼科大夫。眼科医生也叫眼光娘娘，过去患眼疾的人就要来拜眼

元君殿

这里供着五位神仙，五位加在一起能掌控一个人前半生。

光娘娘，病愈后还得回来"还眼光"，也就是还愿。大致和现在病人给大夫送锦旗，上写"妙手回春"是一个道理。这殿里的其他四位神仙主要负责妇幼保健。有句俗话叫做"不孝有三，无后为大"。小两口成婚多年却一直未孕，怎么办呢？人们习惯于赶紧来元君殿拜拜送子娘娘。等到小媳妇有了，怕难产又怎么办呢？来拜催生娘娘，能保证顺利分娩。小孩子好不容易生下来了，不幸又得天花了！怎么办呢？赶紧再拜天花娘娘，以求度过险关。孩子好不容易大点了，也别忘了中间的碧霞元君，据说她能"保佑群婴"，让孩子平安成长。另外值得一提的是，出了元君殿，小院的南边就是文昌殿，听名字就知道里边供的是文昌帝，就是文曲星下凡。在古时候孩子长大了，当爹妈的还得再来拜文昌帝，期望孩子能博取个功名。如此看来，白云观里一个小小的西跨院就能掌控一个人的前半生。

石狮子与北京城

　　早年的北京城的石狮子很多，每个王府寺庙门口，都有一对儿狮子坐镇。石狮的形象和中国瓷器一起，早已成为世界人民心目中的中国形象了。但不知你知道不知道，狮子原产于非洲，印度，南美等地，不是咱们中国的特产，是纯粹的舶来品。汉武帝时，张骞出使西域，打通了中国与西域各国的交往，狮子才得以进入中国。《后汉书.西域传》记载章和元年（公元87年），远在西亚的安息国（相当于今伊朗）派使臣给当时的汉章帝刘桓送来罕见的礼品：狮子和符拔（一种形麟而无角的动物）。这在当时的国都洛阳引起了不小的轰动。从此狮子这远道而来的客人开始走入中国人的民俗生活，不仅受到礼遇，而且国人对它厚爱有加，尊称之为"瑞兽"，抬到了与老虎不相上下的兽中之王的地位。

　　石狮子走向民间，成为守卫大门的神兽的习俗大约形成于唐宋之后。据考证唐朝京城的居民多居住于"坊"中，这是一种由政府划定的有围墙、有坊门便于防火防盗的住宅区。其坊门多制成牌楼式，上面写着坊名字，在每根坊柱的柱脚上都夹放着一对大石块，以防风抗震。工匠们在大石块上雕刻出狮子、麒麟、海兽等动物，既美观又取其纳福招瑞的吉祥寓意。这是用石狮子等瑞兽来护卫大门的雏形。宋元以后，坊退出了历史舞台，一些有钱人家为了张扬自家的声势，便把原来坊门的样式简化，改造为门楼，仿造原来坊门所用的夹柱石，将石狮等瑞兽雕

卢沟桥 ● ●

　　很多没有到过卢沟桥的人只知道这座桥和中国一段特殊的历史联系在一起，不知道这里的狮子原来也久负盛名。

刻在柱石上，此风被保留下来相沿成习。

民间流传用石狮子摆在大门前的作用有四：其一，避邪纳吉。在人们的民俗生活中，石狮子不仅用来守卫大门，有的地方在乡间路口也设立石狮子，用以镇宅、避邪、禁压不祥和保护村寨的平安。其二，预卜洪灾。在民俗传说中，狮子有预卜灾害的功能。据说如遇有洪水泛滥或陆地沉没等自然灾害，石狮子的眼睛就会变成红色或流血，人们可以采取应急避难。其三，彰显权贵。古代的宫殿、王府、衙署、宅邸多用石狮子守门，显示主人的权势和尊贵，比如北京天安门前金水河畔的两对威风凛凛的守卫皇城大门的石狮子就体现了皇权至尊、威震八方神圣不可侵犯的意味。其四，艺术装饰。石狮子还是古代建筑物不可缺少的装饰品。

北京城众多的狮子不外乎这几种功用。宫殿、王府门前的，威风雄壮，象征着强大的势力；寺庙陵墓前的，肃穆庄严，它是护法灵兽的标志；园林桥亭、民宅的，玲珑秀媚，显示着喜庆吉祥。有人估计，现在北京的石狮子至少有上万头。可以说，狮子已经成了北京形象的一部分了。

北京何处的狮子最多？

北京有一句歇后语："卢沟桥的狮子——数不清"，可见其数量不少。卢沟桥长二百六十米，桥上两边竖立栏板望柱二百八十根，每根上端都雕有石狮子，或卧或坐，殊形异态，数目不等。特别是小狮子，有的盘蹲在大狮子脚下，或伏在背上，或躲在怀中；有的在戏弄大狮子的铃铛飘带，有的相互交头接耳，嬉戏耍闹，活泼可爱。这些小狮子很顽

颐和园十七孔桥 ●●●

这儿就是北京城狮子最多的地方——颐和园的十七孔桥。

皮，好像故意跟人捉迷藏，很难数准，稍一疏忽，就漏数了。而且在桥上二百八十根望柱的上端都雕有石狮子。据计算，桥上有大狮子281个，小狮子198个，加上镇桥栏板的大狮子两个，侍守华表的立狮四个，共有485个狮子。加上后来在桥下发现的一个石狮子，卢沟桥的狮子总数就成了486个。但即使如此，卢沟桥也算不上北京狮子最多的地方。

北京狮子最多的地方是颐和园的十七孔桥。

十七孔桥仿卢沟桥而建，建于1750年。桥全长150米，宽8米，由十七个券洞组成而得名。不论从桥的哪一头看过去，总是看到正中的一个孔，这个孔正好是第九个。因为九是帝王最喜欢、最吉利的阳极奇数，所以此桥用十七孔。远远望去这座桥犹如一道彩虹，横卧在昆明湖上。桥上的石雕精细，两边桥栏望柱上雕有神态活跃的石狮子五百四十四个，比卢沟桥的石狮子多五十九个，但是建桥时间却晚了七百多年。这就使颐和园的十七孔桥不仅成了北京狮子最多的地方，也是整个中国狮子最多的桥。

北京何处狮子最美？

要在北京的这上万头狮子中找出一只最美的，确实不容易。一千个人就有一千个哈姆雷特，一千个人也就有一千只最美的狮子。五百多年前，意大利著名旅行家马可·波罗在他的游记中赞美卢沟桥"是世界上最美的、独一无二的桥"，想必卢沟桥上栩栩如生的石狮子给他留下了深刻的印象，是他心目中的最美。对一些文物鉴赏家来说他们则认为紫禁城断虹桥上的石狮子最美。这座桥在太和殿与武英殿之间，横跨内金水河，桥栏板上雕刻着群龙戏珠，桥望柱上雕刻群狮嬉戏。按照惯例宫廷里在雕刻得有龙的地方，通常是不能在上面雕刻狮子的，因为这有损于"真龙天子"的皇帝的天威。不知为什么这座桥上不仅雕有狮子，而且这狮子还比龙高，确实是个例外。桥上龙狮同舞，倒影映在水中，忽隐忽现，若即若离，别有一番情趣。当初建这座桥不是为了交通方便，主要是供皇家观赏，这也许是可以雕刻石狮子并且石狮子被雕刻得特别精美的原因。也有人认为北京最美的狮子当属屹立在北京王府井协和医院的南门口的那只狮子。首先看形制，这个狮子形象憨态可掬，表情温顺，透着一种玲珑活泼的劲儿。它最大的特点是半卧状，好像驯服得很，看起来像家里的小京巴儿。各朝各代的狮子造型都有所不同。像汉唐时通常是讲究强悍威猛；元朝时讲究身躯瘦长有力；明清时时的人们喜欢较为温顺一点的。所以这温顺的狮子应当是明代的作品。论形象，论个头，论品像，这只狮子都是北京城内最出众的。

紫禁城断虹桥上的狮子

一些人认为位于紫禁城断虹桥上的这些狮子称得上北京最美的狮子。

王府井协和医院南门口的狮子

这就是那只被人们认为最美的狮子。看它一幅温顺的样子，不由得不让人喜欢。

不知这对至今仍然屹立在天安门前的狮子是否还记得当年李自成猛砍过来的那一刀？

北京最大的狮子是哪一只？

游览过北京的人都知道，天安门的一对石狮子个头最大。想必能摆在此处的狮子应当是最不一般的狮子。它高三米四一，重十五吨，雕刻于明朝成化年间。形态优美，像是有生命的活狮子。相传李自成率领农民起义军攻进北京城，临近天安门时，忽见一头雄狮跃跃欲动，像是要向他扑去。李自成还以为是清室派来杀他的，急忙举起大刀，猛砍过去。就这样在那狮子胸前留下了刀痕，如今还能在狮子胸前看见这刀痕。按照中国古代皇家的习俗，即便谁有能力造出比这两对儿更大的狮子，他也是有这心没有这个胆！所以天安门的狮子肯定是北京城里最大的石狮子。

北京何处的狮子最古老？

在中山公园社稷坛门外，有一对昂首挺胸的白石坐狮，据传是隋唐年间遗物，已经有一千多岁了。它原是河北省大名县镇守使王怀庆巡查地面的时候在一坍塌的古庙中发现的。王怀庆被这对掩埋多年的露头石

白石坐狮 ●●

如果不是特别说明，没有人会相信中山公园里的这对狮子会和"古老"连在一起。

狮吸引，经过一番考究，认为这对石狮刻法别致，历史久远，于是就购运至京，赠置此园。这对石狮子的石质各不相同，如果轻轻敲击，一个声如铁，一个声如铜；其造型也不同于屈背而坐的一般石狮。论年代，它应该是北京最古老的石狮了。

北京何处的狮子最西洋化？

要说北京最西洋化的狮子，就在圆明园谐奇趣遗址里，是曾担任颐和园西洋楼设计工作的郎士宁根据西方狮子和中国传统狮子的造型中和制造而成的。这对狮子最大的特点在于狮子的毛发。一般中国狮子的毛发长于头上，成团、成组，苍劲有力。可这西洋狮子却留了一头披肩卷发，好像是用吹风机吹过了一样，弯弯曲曲，很像那个时候西方的贵族发式。而且身材也变得细长，工艺上也透着西方雕刻形式的影子。郎世宁是意大利人，让一个意大利人雕刻中国狮子能没有点西洋味儿吗？所以说，圆明园谐奇趣遗址里的狮子是最有西洋味儿的石狮子。

谐奇趣的狮子

这就是那对西洋化的狮子。虽然中西杂糅，倒是别有一番情趣。

北京何处的狮子头朝里？

摆设在宫、府、寺、园门前的狮子通常头都是向外的。可是，北海公园永安寺门前的一对石狮子，却是头朝门里。为此，早年，京中流传一

如果这对狮子知道它们会和自私自利的人联系在一起，一定会气炸的。

句歇后语："永安寺的狮子--头朝里"，用来讽刺那些自私自利的人。

原来永安寺门前有座古桥，叫永安桥，这桥是北海前门到琼岛的通道。明代在桥的南北两端各建有一座牌楼，南边的牌楼上写"积翠"，有一对守牌坊的石狮子头朝南。永安寺是后来建的喇嘛庙，按西藏建制，寺门不放石狮。可是，恰巧迎门一对坐狮，好似守门。其实，永安寺门前的石狮子是护桥的狮子，跟永安寺的建筑没什么关系。

北京何处的狮子"铁对儿"？

北京有这么一句歇后语："灶君庙的狮子，铁对儿"，意思是不共戴天的死对头，或是永远分不开的好朋友。这是一语双关，既可以表示友好，又可以表示死掐。北京的狮子很多，为什么单说灶君庙的铁狮子是死对头呢？

传说北京崇文区花市大街有座灶君庙，庙门外有两个铁狮子。花市大街过去是个穷人聚居的地方，住户大部分是做纸花、做小手工艺的。可是，灶君老爷却看中了这个穷地方。在奏明了玉皇大帝以后，就在这里盖了一座灶君庙。在修盖灶君庙的时候，花市大街的人们都说灶君老爷能"保佑一方"，他们以后的日子一定坏不了。可后来这里的住户，仍然是那么穷，而且越过越穷。而有钱的人，却越来越有钱。渐渐地大伙儿就起了疑心，有细心的人，天天到庙里庙外仔细查看。可是看了一段什么可疑心的地方都没有，但大伙儿总放心不下。

有一天，来了个挑着担子，下街补漏锅的白胡子老头儿。他走到灶君庙门前，放下了担子，左瞧右瞧，又到庙里瞧了一遍。他这个怪举

花市大街

如今的花市大街既看不到灶君庙，也看不到铁对儿的狮子。

动，招来不少围着瞧热闹的人。有个爱说话的人，上前问道："老大爷，您看什么呢？""没看什么。我想，要在庙门前给添上两个铁狮子，就更好看了。"大伙儿一听笑了，都说："谁有这些钱哪！从打有了这座庙，我们就得出钱买香买供品，还得按月送香油，弄得我们更穷了，哪还有钱给它铸狮子啊？"白胡子老头儿听了笑了笑，一语不发就挑起担子走了。第二天，灶君庙门前，忽然多了一对铁狮子。第三天，灶君老爷的马没有了，庙门前却有一堆马骨头。当天夜里，人们都听见狮子吼叫。第四天，第五天，庙门就不开了。打这儿起，庙里住了做小手艺的人，人们再不给灶君老爷买香、买供、送香油了，大伙儿都少出了一笔钱。人们都说这成双成对的铁狮子一定是鲁班爷给铸的，那个白胡子老头儿就是鲁班爷。铁狮子把灶君老爷的马给吃了，把灶君老爷吓跑了。铁狮子是灶君老爷的死对头、铁对儿。

龙生九子

在中国古代，龙在中国人心目中的位置是不可取代的，称其为鳞虫之长，能幽能明，神力无边。千百年的岁月里，龙已经成为中华民族的象征，崇拜的对象。

龙生九子的传说大概盛行于明代。而且这个传说和我国历史上被视为"天才军师"的刘伯温有关。

刘伯温，名基，字伯温，生于公元1311年，卒于公元1375年，浙江青田（今浙江文成县）人。作为大明朝的开国元勋，他官至御史中丞兼太史令，授弘文馆 学士，开国翊运守正文臣，资善大夫，上护军，封诚意伯；正伯九年又加封太师，溢文成，颁诏称其"慷慨有志，刚毅多谋，学为帝师，才称王佐"，"渡江策士无双，开国文臣第一"。

关于刘伯温的民间传说有很多，龙生九子是其中之一。

负重的龙子老大——赑屃

相传刘伯温本是玉帝身边的一位天神。元末明初天下大乱，战火频仍，饥荒遍地。玉帝于是派遣刘伯温下凡，辅佐明君，以定天下，造福苍生，并赐斩仙剑号令四海龙王。但可惜龙王年老体弱，又事物繁多。龙王于是派出自己的九个儿子代自己出征。这九个儿子各怀绝技，神通广大。他们遵从父命化为人形跟随刘伯温东征西讨，最终为朱元璋打下了大明江山，接着又助朱棣夺取了皇位。在他们功成圆满，以为可以回天庭复命的时候，不想朱棣是个野心勃勃的皇帝，他压根不想这九个龙子回到天庭，他想他们永远留在自己身边，为自己服务。于是他便以修紫禁城为名，从刘伯温手里把斩仙剑拿过来，以为从此九子就可以像其他人一样服服帖帖听他这个天子的了。朱棣在这里犯了利令智昏的毛病，疏忽了龙子乃为神兽，

十三陵里的一个赑屃

这说是被朱棣设计被留在人间的龙子老大——赑屃，它那挣扎着往前爬，却永远寸步难行的模样是对中华民族忍辱负重传统美德的最好诠释。

并非"人"。人可以听命于他这个天子，龙子可不一定。一个人间帝王光靠一把剑就想控制龙子，未免贻笑大方。龙子们知道此事之后大发雷霆，顿时呼风唤雨，让天下一时间大乱，让朱棣见识了他们的不可制御的神威。朱棣一看这斩仙剑不起作用，便决定用计智取。他对九子老大赑屃说："赑屃，你力大无穷，能驮万物，如果你能驮动这块先祖的神功圣德碑，我就放你们走。"赑屃看来妄为神兽，仅有一身奇技，没有多少智慧。他一看这神功圣德碑就是一块小小的石碑，丝毫不把它放在眼里，二话不说就把它驮在了背上。让他万想不到的是就是这么一驮，赑屃中了朱棣的计，永远被压在石碑的底下了。

一块人间石碑怎么能够压得住天上神兽?这是一块什么石碑?这块石碑记载的是"真龙天子"一生所做的功德，又有两代帝王玉玺印章，能镇四方神鬼。所以这块石碑把大龙子赑屃压得寸步难行，动弹不得。其余八个龙子眼看着大哥被压在碑下边，不忍舍其离去，便决定一起留在人间，但是发誓永不现真身! 朱棣虽然把九子留在了人间，但得到的却是九个塑像般的神兽! 刘伯温知道此事后，心灰意冷，便脱离肉身，返回天庭复命去了。朱棣后悔莫及，为了警示后人不要重蹈覆辙，便让已经化成塑像的九子在人间各司一职，流传千古。

朱棣被占有欲冲昏了头脑，最后抓鸡不成蚀把米，得罪了天神。但也是因为朱棣的贪婪，把九子留在了人间。事实上龙生九子的故事早在明朝以前就有了，但是这九子究竟是哪九种动物一直没有说法，直到明朝才开始比较明晰起来。明朝和龙生九子有"联系"的皇帝不止朱棣。据说有一天明孝宗当朝忽然想起自己听过的龙生九子之说，就问礼部尚书文渊阁大学士李东阳："朕闻龙生九子，九子各是何等名目?"李东阳仓卒间一时答不出，退朝后左思右想，糅合民间传说，七拼八凑，列出龙生九子的名目，以及"龙生九子不成龙，各有所好"句，向皇帝交了差。虽然李东阳列出了九子的名目，但在明代一些学人笔记，如陆容的《菽园杂记》、李东阳的《怀麓堂集》、杨慎的《升庵集》、李诩的《戒庵老人漫笔》、徐应秋的《玉芝堂谈荟》等里，对诸位龙子的情况的记载仍有差异。大体说来，九子指的是好负重的长子赑屃，好水的次子趴蝮，好冒险的三子嘲风，喜欢血腥的四子睚眦，好闭的五子椒图，好吞的六子螭吻，好鸣叫的七子蒲牢，好蹲坐的八子狻猊，好音乐的九子囚牛。

但是上面这个与刘伯温有关的传说是民间所说龙生九子不成龙离我们最近，最为完整的一个。本来是龙子，被朱棣留在了人间。此外，他们还各怀绝技，各有各的神通。长子赑屃，其特点是力大无穷，好负重，长得很像乌龟，喜欢背重物。据说在上古时代赑屃常驮着三山五岳，在江河湖海里兴风作浪。大禹治水时，也曾帮大禹横渡黄河，推山挖沟，疏通河道，为华夏立下汗马功劳。在吴承恩的《西游记》里，东海龙王曾用计让赑屃承载唐唐僧师徒四人。今天，我们看到的赑屃一般都在寺庙和墓地前碑记的底座，仍旧是当时那块神功圣德碑压在它身上的那一瞬间的姿势：匍匐在显赫石碑之下，吃力地向前昂着头，四只脚拼命地撑着，挣扎着向前爬，却总是寸步难行。今天，赑屃已成为我们民族传统习惯上祥瑞、和谐、长寿、吉祥、高贵的象征。世俗君主及权贵们经常以隐恶扬善之法，将自己的功德之绩刻在一块石碑上，企图让赑屃拖给后人，从而达到永垂不朽的目的。同时，赑屃也是中华民族忍辱负重传统美德的一种体现，据说触摸过它的人总是很有运气。如今在北京城您要想看赑屃有很多地方，要说保存完好，形象生动的首推十三陵里的赑屃。因为那是明朝的皇家陵园，有十三座陵，每一座前都有一个赑屃驮碑。形象生动，保存完好。

除了墓地陵园里，在两座寺院，一个是潭柘寺，一个是戒台寺也可以看到活灵活现的赑屃。这两座寺庙都是明清两代皇家忠爱的寺庙，所以皇家的碑记就多，每一个碑下边都是赑屃在驮着，看着赑屃驮碑的姿态就可以感觉到这功德无量神功圣德碑的沉重。

好鸣叫的龙七子——蒲牢

北京北三环的大钟寺里安放着明朝永乐大钟，据说这里还住着一位龙的儿子。可寻遍大钟寺内所有角落，只有大钟，似乎没有龙子的痕迹。但当我们转到大钟寺内的大钟博物馆，这里藏有明清两代的大钟几十座，个个是精美绝伦，在这些制造的精美绝伦的大钟上就不难发现龙子的身影，每一座大钟的上部都有一个龙子。铸钟的人把它们铸在钟上，是用来做挂钟的钟钮。根据龙生九子，九子的特性各不相同的特性，这个龙子就是那个好鸣叫的七子蒲牢。和它的大哥庞大的身躯比较起来，蒲牢的形体较小。但它有一个特性：好鸣叫。《班固赋 发鲸鱼铿华钟注》里说："海中有大鱼曰鲸，海边有

大钟寺里的一个蒲牢

和它的大哥赑屃庞大的身躯比起来蒲牢似乎天生就应该怕海鲸。这就是为什么今天人们只能在与"钟"相关的地方看到它的原因。

兽曰蒲牢。辄大鸣，凡钟欲令闻大者，故作蒲牢于上，所以撞之者为鲸鱼。"据说蒲牢常年生活在海边，平日最怕鲸鱼，一看到鲸鱼就会大喊大叫、落荒而逃。于是，人们就将它的形象放置于钟上，并将撞钟的长木雕成鲸鱼的形状，以其撞钟，为求撞击时蒲牢尽量发出最大的声音。当人撞钟的时候，蒲牢以为自己要被鲸鱼追到了，为了逃命，还不得拼命的叫？取这个意铸造出来的大钟声音就会更洪亮，声音传的更远。但大钟寺还有一个奇怪的现象，大钟博物馆的每一个钟上都有一个蒲牢，但寺内最有名的，号称我国目前发现的最大的青铜钟——永乐大钟上却似乎找不到蒲牢的影子。其实永乐大钟上也有蒲牢的形象，只是工匠们把它抽象化了。为了永乐大钟的形象更简洁，在铸造时只取蒲牢的身子，这样永乐大钟更大气更威严了。这也是古人一种抽象的艺术表现手法。

好水的龙次子——趴蝮

因为赑屃上了朱棣的当所有的龙子只好留在人间，前面我们在北京找到了其中的两个龙子。从明代到现在已有好几百年，要想一下子把

趴蝮

什刹海的趴蝮已成了北京的一处奇观。这个"好水者"日日夜夜站专注地看护着北京的后门桥，从它专注的神态还真不容易把它和"龙子"连在一起。

这些龙子全部发掘出来还真是不容易，有的龙子的发掘还真有点起死回生的味道。就如同次子趴蝮的发现，本来已经消失了很久了，因为2000年政府组织在什刹海进行环境治理，在清理河道的时候竟然发现河岸两边有四只雕刻生动的神兽。开始谁也不清楚它到底是何物？把专家请来一看，这不是传说中龙子之一的趴蝮吗？！《诸神由来》里这样描述这个龙子："趴蝮，好立，站桥柱。"据说由于趴蝮平生最喜欢水，擅长游泳，所以大都被装饰在桥头柱、桥洞之上，或饰于石桥顶端，被称为"好水者"。后门桥是古代京城的一个重要水系，人们把它雕刻在桥下，也是为了让这个好水的龙子看管这条重要的河道，保佑这条河道不受洪水的侵扰。这趴蝮趴在河岸四周，四爪紧抓河岸，探出头来，专注地盯着水面，形象极为生动。据说河水清澈的时候还能看见水下有多只小趴蝮。这已成了北京的一处奇观了。有时间要是经过此地，不妨站在桥上看看这四只保护京城水系的龙子趴蝮，如果运气好，说不定还真能看到水下的小趴蝮呢。

好冒险的三子嘲风 好闭的五子椒图 好香的六子蟋蛉

上面的这三位龙子有的住在寺里，有的趴在河边，有的则在帝王陵墓里，似乎很生分，要见上一面很难。下面要介绍的这三个龙子全然不一样，他们就像邻居一样每天抬头不见低头见，而且只要在有古代建筑的地方大概都可以见到。中国古代建筑的房顶和屋檐上往往雕刻着许多形象各异的神兽，根据宫殿或房屋等级的不同，这些排列成一队的塑像，数目也是不同的。在故宫太和殿上有10个塑像排列在一起，这里容易产生误会，有些人看见这十个塑像就把其中九个当成龙的九子，其实不然。这些排列成单行的神兽塑像，在宫殿房屋四角翘起的垂脊的前端，领头的是仙人骑鹤，后面依次是龙，凤，狮子，天马，海马，押鱼，蟹至，斗牛和行什。队列里并没有

故宫太和殿上10个塑像

看见故宫太和殿的这十个塑像，因为这是皇家之地，很多人容易误把其中的九个当成龙子。

龙的儿子，这好像和龙子没有什么关系。事实上，龙子在的，只是没那么醒目，它躲到队伍的后面去了。这个让人感觉起来有些害羞的龙子叫嘲风。嘲风，样子有点像狗，平生好险又好望，故殿角走兽，屋顶翘角上的小兽是其形象，能飞檐走壁，专门负责警卫工作。古代的建筑上安置嘲风，使整个宫殿的造型既规格严整又富于变化，达到庄重与生动的和谐、宏伟与精巧的统一，还具有威慑妖魔、消除灾祸的含义。

嘲风是房顶上忠于职守的看护者。嘲风的兄弟螭吻离它不远，就在它的上面。螭吻，也叫鸱吻、鸱尾，形状像四角蛇剪去了尾巴，常为宫殿屋角上的装饰物。《墨客挥犀》中这样谈到螭吻：

嘲风

因为好冒险，喜欢飞檐走壁，龙三子嘲讽成了警卫。

"汉以宫殿多灾，术者言天上有鱼尾星，宜为其像以礼之，始有此饰也。"相传汉武帝建柏梁殿时，为了驱逐妖邪，有人上疏说大海中有一种鱼，虬尾似鸱鸟，能喷浪降雨，可避火灾，驱除魑魅。因此脊兽螭吻起初并不是龙形的，有鸟形的，更多的是鱼龙形的。到清朝以后龙形的螭吻增多，表面龙纹四爪腾空，龙首怒目做

椒图

椒图是我们在生活中最容易见到的龙子。在大多数老宅子的门上都有它的身影。

张口吞物状，背上插着一柄宝剑，立于建筑物的尾脊上，被称为"好望者"。据说此物不仅能吞万物，因此就让它负责看护房屋建筑横脊，还能登高俯瞰，因此在民间被视为祈求降雨和避火消防的饰物。前面我们不是说有三个龙子是邻居吗？这第三个在哪呢？和它的两个哥哥不一样，它不在屋顶上，而是在大门上，它叫椒图。椒图形像螺蚌，"性好闲，立于门首。"螺蚌在遇到外敌侵犯总是将壳口紧合，人们于是就将它用在门上，除取"紧闭"之意、以求平安外，还因其面目狰狞可以起到负责看守门户、镇守邪妖的作用。椒图被放在门上的另外一个原因是椒图"性好僻静"、"忠于职守"，故常被饰为大门上的铁环兽或挡门的石鼓，让其照顾一家一户的安宁。椒图因此常常被民间称作"性情温顺"的龙子。嘲风,椒图,螭吻的形象在故宫里是最为常见，而且也是雕刻最为精美，保存最为完好的。数百年来，这三兄弟一直在古建筑和大门上为人们趋走灾祸，以求平安。

好血腥的四子睚眦 好蹲坐的六子狻猊 好音乐的九子囚牛

我们已经在北京找到了六位龙子的踪迹，现在还剩下三位。这三位龙子是九子当中性格差异最大，最有个性的三位，而且不像其他兄弟

都在为人消灾。八子狻猊喜欢蹲坐，佛座上的狮子就是其形象。佛祖释迦牟尼曾称其为"无畏的狮子"。狻猊敢坐食虎豹且气宇轩昂，所以常蹲坐于庙中佛的坐席上，或成为文殊菩萨的坐骑。《穆天子传》里这样描述狻猊："狻猊，野马，走五百里"。又据说它只在寺院里居住，在寺院里煽风点火，很不安分，长的很像狮子。其实这个龙子就是一头狮子。狮子是跟随佛教从印度传到中国的,它也就随之到了中国，被寺院所供养。但它太不安分，总是到处放火吐烟。正当寺院的和尚对它没有办法的时候，天上观音菩萨现身，把这狻猊收为自己的坐骑。从此狻猊就成为观音菩萨的交通工具了，而且香炉上也出现它的形象，因为它还好烟，把它做在香炉上取意为让香火更盛。

这狻猊的性格已经够怪异的了，但再怪异也比不上接下来这两个：一个好腥杀，一个好音乐。这差别是不是也太大了？好像这两兄弟的本领在九子当中是最没有用的。这够怪异的两个龙子分别是睚眦和囚牛。

睚眦为九子之一，性好杀。据说在刘伯温带领九子讨伐叛军的时候，睚眦杀人无数，血腥之极。它见人就杀,不分你我，老百姓也不放过。百姓们都怕它，所以有

睚眦

杀人不眨眼的睚眦成就一个成语："睚眦必报"，这大概可以算是它对人间的一大贡献？

这么一个成语叫"睚眦必报"。睚眦不仅杀人不眨眼，它的表情也极为恐怖，后来人们把睚眦的形象铸在了刽子手的大刀上，取意为震慑罪犯之用。

另一个龙子囚牛则正好跟睚眦的性格相反：它好音乐，龙头蛇身，形状为有鳞角的黄色小龙。因为喜好音乐，所以常常蹲立于琴头。这位富有音乐天赋的龙子，不单单在汉族的胡琴上看得到，而且在彝族的龙

囚牛

这是九个龙子中最优雅的一位。因为有了囚牛，龙子和人的生活的联系上升到一个新的层次。

头月琴、白族的三弦琴，以及藏族、蒙古族的一些乐器上也或刻或饰着其扬头张口的形象。传说这个龙子的耳音特好，能通万物语言、辨别声音，且特别会欣赏弹拨弦的音乐，因此才被放在乐器的头部。这是位有音乐细胞的龙子，它虽然不能消灾避祸，在太平盛世之时，音乐可以放松人们的心情，消除紧张，给生活带来欢乐。

百姓都喜欢上音乐了，就没有心思扰乱社会治安了。所以，囚牛对人间的贡献丝毫不下于它那些为人消灾避邪的兄长。

大明宫门惊变

　　明十三陵，是明朝十三个皇帝的陵墓。坐落在北京西北郊昌平区境内的燕山山麓的天寿山脚下，总面积一百二十余平方公里。十三陵里最早的一座皇陵是长陵，当年那位迁都北京的明成祖朱棣就安葬在这里。此后的明朝皇帝为了陪伴祖先，都要在天寿山下选自己的墓地，这是皇室不可违背的惯例，就连那位明朝的亡国之君，吊死在景山之上的崇祯，也不例外。从成祖的长陵到崇祯的思陵，天寿山下先后埋葬了十三位明朝的皇帝，因此这里才被称做明十三陵。

　　明朝前后一共历经十六帝，为什么在这里只有十三陵呢？明朝开国皇帝朱元璋建都于南京，死后就葬于南京钟山之阳称"明孝陵"。第二帝朱允文，就是建文帝因其叔父朱棣以"靖难"（为皇帝解除危难）为名发兵打到南京，建文帝不知所终，有人说出家当了和尚，总之是下落不明，这段历史就成了明朝历史上的一个悬案，所以没有陵墓。这么算来，除了这两位，还有一位明朝的皇帝没有埋在十三陵。为什么？

十三陵

位于燕山脚下的明十三陵里，躺着明朝十六位皇帝中的十三位。2003年明十三陵被列入《世界遗产目录》。世界遗产委员会评价：明清皇家陵寝依照风水理论，精心选址，将数量众多的建筑物巧妙地安置于地下。它是人类改变自然的产物，体现了传统的建筑和装饰思想，阐释了封建中国持续五百余年的世界观与权力观。

土木之败

要解开这个谜就要从明朝第四位皇帝朱祁镇讲起。

宣德十年〔1435〕正月，宣宗病死，太子朱祁镇继位，是为英宗。第二年改国号为正统。

按照明太祖朱元璋定下的祖训，是禁止母后临朝的。但宣宗明知故犯，遗诏凡国家大事，必须向太皇太后张氏请命。张太后比较忠厚，不像后来的慈禧那样权欲熏心，即使名正言顺大权在握也不敢破坏祖宗家法，就把朝政交给杨士奇、杨溥、杨荣三人，史称"三杨辅政"，由他们三人辅佐朱祁镇。

1435年朱祁镇即位时，年方九岁，还是一个顽童，经常陪在他身边的是司礼太监王振。

王振，山西蔚州人，读过书，下过考场，作过县官。永乐末年因为犯法，本当充军，自己却净身进了皇宫当内侍，算作赎罪，也可以逃过一劫。他知书识字，在大多数没有读过书的太监中很容易出人头地，后来被派去侍奉太子朱祁镇就是因为这个特长。他不仅陪朱祁镇游戏，在朱祁镇的学习上还能为他答疑解惑，这让朱祁镇对这个大玩伴十分敬佩。所以，顺理成章地他就成了太子的先生了。事实也是，朱祁镇称呼他从不呼其名，而是称之为"先生"，直到当皇帝当了十几年，也是一直叫他"先生"，可见他们之间的感情之深。

智化寺

这儿曾经是祸国殃民的大宦官王振的家庙，位于北京东城区的禄米仓胡同。

现在在北京东城区禄米仓胡同还可以见到一座寺院叫智化寺，这座建于明英宗年间的佛教寺院与众不同的地方在于当年庙里的主持僧都吃朝廷四品俸禄。之所以如此，是因为智化寺原本是王振的家庙。朱祁镇宠信王振，当王振要修家庙，英宗就亲赐寺名---智化禅寺，给主持僧朝廷四品俸禄，以示恩宠。

有了朱祁镇的这份感情，王振越来越无法无天，随即就干出许多无法无天的事来。最初，张太后经常派人到内阁查问政事时就发现王振有假传圣旨的情形，太后大怒之下，亲自主持内阁会议，要杀王振，去除这个祸患。但张太后不是铁石心肠的人，在一批乡愿大臣为他求情时，免了他的一条命，为日后一连串的祸患埋下了伏笔。正统七年，张太后去世，三杨之中杨荣这时已去世两年，杨士奇因为儿子正被言官弹劾，一气之下赌气闭门不出，杨溥一个人显得特别年老势孤。在这样朝中无人的情形下，大权便落到了太监王振的手里。明朝最为严重的宦官专政，就是从王振揭幕。承"仁宣之治"之后，三杨辅政的几年繁荣，这个明朝最为繁盛的时期也随之就此宣告结束。

元末明初蒙古分裂为兀良哈部、鞑靼部、瓦剌部三部。其中，瓦剌经过长期发展，势力增强。瓦剌首领也先在统一蒙古后随之产生了吞并中原之心。

瓦剌可汗也先最初不敢贸然进犯中国，而是不断试探性地派人进贡土产，并效法匈奴、回纥，向中国求婚。一次，明朝的翻译官马云因为贪图也先的贿赂和想炫耀自己的权威，就自作主张答复瓦剌的使者说："皇帝已经允许"。也先信以为真，大喜，于1449年带着贡马千匹作为聘礼来到北京，朝廷这才知道和亲的事，大吃一惊，告诉他并没有这回事。这下把也先惹毛了，认为这是中国在戏弄他，遂于1449年7月，统率各部，分四路大举向内地骚扰。东路，主攻辽东；西路，进攻甘州（甘肃张掖）；中路为进攻的重点，分为两支，一支由阿剌知院所统率，直攻宣府围赤城，另一支由也先亲率进攻大同。也先进攻大同的一路，"兵锋甚锐，大同兵失利，塞外城堡，所至陷没"，大同参将吴浩战死于猫儿庄。大同前线的败报不断传到北京后，明英宗朱祁镇在王振的煽惑与挟持下，准备亲征。王振把战争看成儿戏，认为自己手上权力的魔杖可以抵挡一切。兵部尚书邝埜和侍郎于谦"力言六师不宜轻出"。吏部尚书王直也率群臣上疏劝谏，但英宗偏信王振，一意孤行，执意亲征。7月16日，英宗和王振率50余万大军从北京出发，因仓促没有充分的准备，半途上军士已有人饿死。而且一切军政事务皆由王振专断，随征的文武大臣都不能参与军政事务，军内混乱不堪。19日出居庸关，过怀来，至宣府。8月1日，明军进到大同。也先为诱明军深入，主动北撤。王振看到瓦剌军北撤，以为瓦剌军不敌，派出几个兵团打前站，不料这些兵团先后溃败，明军军心大乱。镇守大同的宦官看这情形提出警告，希望不要再北进，否则连大同都危在旦夕。王振不得已，才下令回京。即使在落荒而逃的情形下，王振也没有忘了狐假虎威，祸国殃民。在选择逃跑路线时，王振开始想使英宗在退兵时经过自己的家乡蔚州"驾幸其第"，显示威风。但后来又担心大批军队经过蔚州会损坏当地的田园庄稼，就这样一群战败的将士，连同当朝皇帝被一个宦官带领东奔西逃，不断变更逃跑路线。至宣府，瓦剌大队追兵追袭而来，明军3万骑兵被"杀掠殆尽"。13日，明军狼狈退到现在河北张家口市怀来县，现在110国道边一个叫着土木村的村落，也就是当年的土木堡，瓦剌追兵已至。兵部尚书邝野请求急速入关，但由于运送王振所搜刮的金银财宝的车队还没有赶到，他坚持等候。邝野看见明军危在旦夕，坚持迅速撤退，王振大骂说："军国大事，你懂什么？"随即把邝野逐出营帐。既而瓦剌军已合围明军。土木堡地高无水，将士饥渴疲劳，仓猝应战。瓦剌军四面围攻，骑兵破阵而入，挥长刀砍杀明军，"大呼解甲投刀者不杀"。于是明军士兵"裸袒相蹈藉死，蔽野塞川。"朱祁镇与亲兵乘车突围，不得出。明50万大军"死伤过半"。禁卫军官樊忠见此情形，悲愤交加，用铁锤把王振击杀。但仍挡不住全军覆没，樊忠战死，朱祁镇被瓦剌生擒。这次战役，明史上称为"土木之败"。这次大败影响深远，成为明王朝由初期进入中期的转折点。

今天的土木村

当年的土木之变就发生在这里。这个小小的村落因为和一段历史连在一起从而给人一些沧桑之感。

景帝双陵

当朝皇帝英宗被俘消息传来，京城大乱。廷臣为应急，联合奏请皇太后立郕王朱祁钰即皇帝位。皇太后同意众议，但朱祁钰却因为英宗尚在人世，推辞不就。正当文武大臣及皇太后左右为难之际，英宗秘派使者到来，传口谕命朱祁钰速即帝位。朱祁钰于九月初六登基，是为景帝，以第二年为景泰元年，奉英宗为太上皇。

景帝朱祁钰的一生命运多劫。他的生母，本是永乐皇帝的二子朱高煦汉王府邸的一位侍女。朱高煦很早就开始想取太子朱高炽而代之，即使朱高炽登基以后，朱高煦仍然贼心不死，开始准备谋夺他哥哥的皇位，几次谋反都未成功。朱高炽死后，侄子宣宗即位，朱高煦还在做他的皇帝梦，企图谋夺侄子宣宗的位置，再一次谋反。宣宗亲征，俘获了朱高煦。

朱高炽

他，就是朱棣的长子——朱高炽。从朱棣篡位成功他似乎没有争议地就成了太子人选，但上天并不是完全眷顾他。在他成为朱棣长子的同时，他长相肥硕，最严重的有一条腿是残疾，行走不便，得有人搀扶。这让一直身强马壮的朱棣很是犹豫要不要他接班？他差点丢了皇位，也让他的弟弟朱高煦不把他放在眼里，时刻都想取而代之。现在他就躺在十三陵里的献陵里。

朱高煦被抓到北京后，宣宗并没有杀他，只是将他废为庶人，囚禁在西安门内的逍遥城。一天，宣宗到囚室去看这个已成了阶下囚的叔叔，谁知藐视一切的朱高煦一如既往不把他这个做了皇帝的侄子宣宗放在眼里，伸出一脚把宣宗勾倒在地。宣宗大怒，命人用一个三百斤重的大缸盖住他。朱高煦力大，马上顶缸而起。宣宗命人来把缸压下去。不仅如此，还还在缸上堆起木炭，把朱高煦活活烤死在缸中。

在御驾亲征生擒了朱高煦父子后，宣宗随即将汉王宫的女眷充入后宫为奴。在返京途中，宣宗皇帝偶然邂逅了汉宫侍女吴氏，并深深被吴氏的美貌与聪灵所打动，宣宗一下子就喜欢上了这个侍女，吴氏得以陪伴宣宗皇帝直到回京。回到紫禁城后，遵照宫廷礼法，身为罪人的吴氏是没有资格被封为嫔妃的。于是宣宗只好将她安排在了一个紧贴宫墙的大宅院中，并时常临幸。吴氏就这样珠胎暗接，为宣宗生下了次子，这个次子就是朱祁钰。母以子荣，吴氏因此被封为贤妃，但仍然继续住在宫外，不得以入宫。宣德八年，宣宗病重，垂危之际遂派人将朱祁钰母子召进宫，将他们母子托付自己的母后张太后。托孤之后，宣宗驾鹤西去，时逢皇帝的大丧，无人顾及吴氏母子的身世，他们就这样被大家接受了。张太后没有忘记儿子的嘱托，不久就封朱祁钰为郕王，并为他们母子修建了王府。

本来朱祁钰母子可以在他们的王府里平静地度过一生，但是土木堡的狼烟改变了他们的生活。英宗在御驾亲征之前为了以防不测，就奉命他担任了监国，从此涉足国事。后来英宗被俘后，太子朱见浚（即后来的明宪宗）才两岁，不可能即位，朱祁钰就这样半推半就地被推上了前台，在皇太后的授意下朱祁钰继承了皇位。

早在朱祁钰担任监国的时候，朝廷就爆发了关于"南迁"的争论，让朱祁钰初次领略了政治斗争的凶险。由于翰林院侍讲徐珵（即后来参与夺门之变的徐有贞）精通星象，在英宗御征后更加关注天象的变化。根据一段的观察提出都城应该南迁，认为这是改变大明命运的天机。一些胆小的，害怕和瓦剌打仗的大臣立即附和。但是由于祖宗的宗庙，陵寝都在北京，兵部侍郎于谦否决了这个提议，并得到了朱祁钰的支持。朱祁钰由此非常欣赏于谦的能力与魄力，和对宦官言听计从的英宗比起来于谦也很欣赏朱祁钰的当机立断，两人在各自的内心都产生了对对方的倾慕。

紧接着发生的午门血案，更加深了两人的这种感情。

在这之前英宗宠信宦官王振，整个朝廷风声鹤唳，大臣凡是有不利于王振者，非死即贬，群臣的心中早已酝酿着一股讨伐王振的洪流。在英宗被俘，王振被杀，朝廷易主之后，群臣的怨气得到了倾吐的机会。于是，一天，众大臣齐齐跪在午门哭谏，要求朱祁钰惩治王振的党羽。王振的死党锦衣卫指挥马顺企图进行阻挡，当即被愤怒的群臣打死。朱祁钰没见过这样的阵势，以为要发生哗变，吓得准备逃走。这时于谦走过来拉住他的衣袖，对他解释群臣并不是冲着他来的，只要他能够惩治王振的党羽，群臣愿意辅佐他共图大业。马顺已被打死，王振还有两个死党，朱祁钰就下令把他们带出来交给群臣，这两人也被群臣当场打死。

午门

　　当年"午门血案"的发生地，王振的三个党羽被活活地打死在这里。这让大明自宦官当政以来乌烟瘴气的朝廷短时间内有了一种新气象。

　　在王振极其党羽被铲除以后，整个朝廷呈现出焕然一新的势头：许多以前被王振排挤的忠志之士得以回归庙堂，吏制也随之焕然一新。并把于谦提升为兵部尚书，开始整军备战。

　　瓦剌自俘虏明英宗后便大举入侵中原，并以送太上皇为名，令明朝各边关开启城门，乘机攻占城池。10月，攻陷白羊口、紫荆关、居庸关，直逼北京。

　　明正统14年10月初九，瓦剌太师也先带领十几万人马偷袭长城重镇紫荆关，明朝守军几经血战，最终全军覆没！

　　紫荆关，位于河北省易县，从这里到北京只有一百三十公里，一路上无险可守，所以这紫荆关就成了北京城的一处重要屏障。

得了紫荆关，也先心中大喜，他对手下士卒说道：我们打着送明朝太上皇回宫的名义进军北京，明朝谁敢阻拦？在土木堡 我只用五万骑兵就把五十万明军杀了个干净，现在的北京城里只剩下八，九万老弱残兵！儿郎们！攻破北京！城中的财宝和美女就是你们的了！说罢指挥军队穿过紫荆关，仅仅两天，就杀到了北京城下！

德胜门是北京内城九个门之一，如今还残存的是德胜门的箭楼。当初这座城楼见证了一场决定北京以及整个大明王朝命运的战争：北京保卫战！

明正统14年十月十一日，瓦剌先头部队抵达了北京城下。由于他们长途奔波，而明朝守军以逸待劳，瓦剌军开始就吃了点小亏。也先大

德胜门

如今德胜门还残存着的箭楼见证了500多年前那场确定明朝命运的战争，见证了让后人无限景仰，又无限唏嘘的于谦带领的勇士，用他们的鲜血和生命保卫国家的隆隆炮火。现在，硝烟已经不再，德胜门，是否还记得那段悲壮的历史？

怒，他先把明英宗藏在德胜门外的空房里，然后集中主力人马杀奔德胜门。只见明军已经列阵在德胜门外，也先就让士卒高喊，"明军快开城门！迎接你朝太上皇回京！"

明军之中一人纵马而出，他高声说到"瓦剌大兵压境，绝无送还太上皇的诚意！今日只有死战，别无他法！临阵之时，如有将军不战而退，就把他就地正法，前队士兵如果萎缩不前，后队士兵就砍掉他们的人头。我等男儿，一雪国耻，立不世之功，正在今日！"

说这话的人就是明朝兵部尚书于谦！当瓦剌军偷袭紫荆关的消息刚一传到北京，于谦就立即把北京军队分列于九个门之外，他自己更是坐镇在德胜门前。本来经历了土木之变，北京只剩下不到九万老弱残兵，为了备战，于谦一面鼓励百姓从军，一面急调北京附近的运粮军进京守城，最终召集了二十二万人马。

于谦的话音刚落，明军齐声呐喊！潮水般扑向瓦剌军，激战多时，不分胜负。见状瓦剌太师也先急忙调数万骑兵纵马掩杀，明军终于抵挡不住，被瓦剌军逼到了德胜门下。千钧一发之时，突然城楼之上火炮齐鸣，城下左右民房中伏兵四起。原来于谦事先设了埋伏。他早已打探清楚，太上皇不在瓦剌军中，就放心使用火炮。一时间德胜门下，瓦剌军血肉横飞，也先的弟弟铁元帅孛罗在这场冲突中命丧黄泉。此战瓦剌军死者过万。

随后也先带领部队在北京德胜门，西直门等地，一连和明军打了五天，屡吃败仗。此时明朝的援兵又四面杀来。也先无奈之下，只得带着明英宗撤回蒙古。风雨飘摇的明政权终于在这一战之后稳定了下来。

夺门之变

也先逃回了蒙古之后，又几次与明军开战，但都大败而回。迫于压力他只能与明朝议和，最终无条件放回了明朝的太上皇明英宗。也先这么做其实是暗藏着一条毒计，他心里想，我把明英宗放回北京，你明朝就出现了两个皇帝，不久必出内乱！到那时我就趁乱，再次兵进北京！

明景泰元年，位于紫禁城的东南角的普度寺（又称东苑，或南宫，如今的北京税务博物馆）住进了一位太上皇。他就是在瓦剌国做了一年俘虏的明英宗朱祁镇。瓦剌太师也先释放太上皇还朝，明朝上下无不高兴，可太上皇的亲弟弟，当时在位的景泰皇帝朱祁钰却被倍感头疼！天无二日，国无二主，紫禁城虽然很大，可也不能住进两位皇帝！于是景泰皇帝就把南宫分配给了自己的这位哥哥。

　　住进南宫的太上皇明英宗，很快就发现回家的感觉并不好。景泰皇帝让人给南宫大门上锁，并派兵严密把守，不许任何人进出南宫。身为太上皇的明英宗，在南宫里过着囚徒般的生活。他想起当初虽然被瓦剌俘虏，但瓦剌太师也先对他没有丝毫的怠慢，经常给他送牛送羊，设宴给他改善生活。可现在回到了北京，自己的亲弟弟却又如此无情。这种囚徒的日子要到什么时候才是个头？

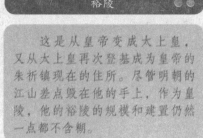

裕陵

　　这是从皇帝变成太上皇，又从太上皇再次登基成为皇帝的朱祁镇现在的住所。尽管明朝的江山差点毁在他的手上，作为皇陵，他的裕陵的规模和建置仍然一点都不含糊。

　　当初土木之变，英宗被俘，大明朝无奈之下立明英宗的弟弟朱祁钰为皇帝，但明朝的太子却还是英宗的长子，刚刚两岁的朱见深。现在被困南宫的英宗，只能在暗无天日的日子里等待自己的儿子早日成人，来解救自己。

　　可就在英宗被困南宫三年之后，景泰皇帝传旨，废掉了英宗的儿子朱见深，改立自己的独生子为太子。从此太上皇明英宗彻底地绝望了。没过多久一群人突然闯进南宫，自称奉旨而来，把宫中的大树全都砍倒，原来这是景泰皇帝担心南宫的树木太靠近宫墙，会有人爬树，进出南宫，所以就传旨砍树。这件事让明英宗惊恐不已。这次是砍树，下次难道就不会来砍我的人头吗？朱祁钰，当今的皇上，虽然是我的弟弟，随时会对我下毒手啊！打这起，英宗在南宫里更加度日如年。

英宗的日子不好过，这时紫禁城里的景泰皇帝，日子也不好过。他的独生子当上太子才一年就病死了，由于悲伤过度，景泰皇帝身体每况愈下，到了景泰八年，他已经病得不能上朝了，因为景泰帝无后，大臣们都来劝他复立英宗的长子为储君。可景泰皇帝不准。

几天后的一个傍晚，景泰皇帝感觉身体好些了，就传旨命百官准备明日早朝。传完旨，景泰帝就想明天早朝一定要严办那些想复立太子的大臣，朕才三十岁，有的是机会让后宫生一位太子。绝不能让皇权落在别人手里。

这一天是景泰八年的正月十七，不详的阴云笼罩着紫禁城。

紫禁城里的皇帝与南宫中的太上皇都迎来了一个难熬的长夜！

就在这天夜里，一群手拿刀枪的人突然出现在南宫门口。由于打不开门锁，他们用巨木撞击宫门，最后连宫墙都撞塌了，这些人随即闯进了居住着太上皇的南宫！撞击声惊醒了正在南宫中休息的太上皇明英宗。他马上想到，这一定是自己的弟弟，当今的景泰皇帝派人来行刺了！他又想，我连皇位都让给你了，你居然还要杀我？想到这他悲愤交加，冲出自己的寝殿，想看看这些人究竟想怎样？这时只见一群人已经闯进了院子，英宗高声问道：你们是什么人，难道敢来弑君吗？

第二天早晨，南宫恢复了平静，似乎什么也没有发生！而此时正是早朝的时间，紫禁城里钟鼓齐鸣，满朝文武走进

南宫

在瓦剌人那里做了一年的俘虏后回到北京的朱祁镇在这里被软禁了八年，这仇他后来报了，不止十倍地。君子报仇，十年不晚，朱祁镇没有等十年，在这一点上，他很幸运。

金銮殿，按照惯例向高高在上的皇帝行大礼，等他们抬起头来才发现，端坐在上的，居然不是景泰皇帝，而是被困南宫八年的太上皇，明英宗！这时有人高声说到，今太上皇复辟！改元天顺，刚才百官既已行了君臣之礼，现在就朝贺新君吧！

百官在殿前武士的威吓之下只得向英宗三呼万岁！

原来昨晚闯入南宫的那些人并不是要加害英宗，而是要请他复辟，这些人为首的是武清候石亨和副都御史徐有贞，他们在景泰皇帝手下并不得志，所以就想趁景泰皇帝朱祁钰病重的机会，发动政变，放出明英宗，借以捞取更大的权利。他们接出英宗就直奔紫禁城的东华门，可却被东华门的守军拦住了。英宗走出来说，朕是太上皇，你们想挡驾吗！守军一看，不敢怠慢，只得打开了城门，石亨等人兵不血刃就接管了紫禁城。直到英宗在金殿接受了百官朝贺，那位景泰皇帝才从梦中惊醒！这就是明朝历史上有名的南宫复辟，也叫夺门之变。

从皇帝变成太上皇，又从太上皇再次登基成为皇帝，在中国的历史上，只有明英宗朱祁镇一人。他一登基立刻把自己的弟弟景泰皇帝软禁在皇城西内，不久景泰帝就被英宗派人勒死了！死时刚刚三十岁！

英宗废掉了自己的弟弟朱祁钰的皇帝封号，朱祁钰死后英宗更是不准把他葬进明朝的皇陵。而是只被按照亲王的规格把朱祁钰安葬在香山娘娘府。这就是为什么一位明朝的皇帝没有被埋在十三

景泰陵

朱祁钰被勒死以后就被弃在这里，真正是"荒草一堆草没了"！要不是特别说明，没有人相信这是一个帝陵。可这就是朱祁钰的人生！

陵的原因。直到明英宗的儿子明宪宗朱见深即位，才恢复了朱祁钰的皇帝头衔。

在如今的海淀区有个地名叫娘娘府。很少有人知道这里还有一座明朝的皇陵，景泰陵！朱祁钰死后就被埋葬在这里。如今的景泰陵已经残破得只剩下了墓碑与碑亭了。可是就算在从前，这座陵的规模与十三陵里任何一座皇陵相比都要狭小简陋，这也算是朱祁镇对这位他认为篡了他的大位的弟弟的一种羞辱吧！

于谦被杀

英宗复辟后的第六天，保卫北京的大英雄于谦被诬称迎立外藩，杀于西四牌楼下，并抄其家，家属全被流放苦寒边地。

于谦，浙江钱塘（今杭州）人。自小就有远大的志向，钦佩文天祥。小时候，他的祖父收藏了一幅文天祥的画像，于谦把那幅画像挂在自己书桌边，并且题上词，表示一定要向文天祥学习。长大以后，他考中进士，前后做了几任地方官，严格执法，廉洁奉公；后来在担任河南巡抚的时候，奖励生产，救济灾荒，关心人民疾苦，成为一方百姓爱戴的官员。

于谦一生清廉自持，因此不断遭到贪官的污蔑陷害，最后被斩很大一部分原因也在于他太尽忠，太尽责。

在王振专权的时候，大小官员贪污成风。地方官每次进京办事，都需要白银作为见到上司的见面礼。只有于谦是例外，他从来不送礼品。有人好心劝他说："您不肯送金银财宝，难道不能带点土产去？"于谦微微一笑，甩动他的两只袖子："只有清风。"为此他还写了一首诗，表明自己的态度。诗中有这样的句子："清风两袖朝天去，免得闾阎话短长。""两袖清风"的成语就是来源于于谦。

于谦的刚正不阿，两袖清风把贪官王振比照的极其无耻，极其贪婪。这下于谦就成了王振非除不可的眼中钉。他指使同党诬告于谦，把于谦打进监牢，还判了死刑。于谦工作过的河南、山西等地的官员和百姓听到于谦被诬陷的消息，联名向明英宗请愿，要求释放于谦。在英宗的干预下，于谦总算逃过一劫。

其后在京城面临瓦剌大军危急的时刻，于谦毅然担负起守城的重任，取得了北京城保卫战的辉煌胜利。

于谦立了大功，受到了北京民众的爱戴。朱祁钰也十分信赖倚重他。看到于谦家的房屋简陋，只能遮蔽风雨，就提出要给他造一座府第。不料于谦推辞了。他认为现在正是国难当头的时候，怎么能让公家花钱给自己修府第？朱祁钰更加依赖他，对于谦疏奏朱祁钰开始"一言即止"，无不采纳。此外，在官员的任用上，皇帝也要悄悄地咨询于谦的意见。每次于谦总是实事求是地回答，从不把自己的感情参杂其中。当朝皇帝如此的信赖导致一些不称职的大臣的嫉妒，怨恨。在也先率领的部队刚退去时，都御史罗通就参了于谦一本，理由是于谦贪功。这以后不断有人加害于谦。有御史说于谦太专权，有说他干预六部的大事，好像他就是内阁一样。各御史多次用苛刻的言词弹劾他，全靠朱祁钰力排众议，于谦才得以

于谦祠

东城区西裱褙胡同23号，于谦祠。这是北京今天仍然能够找到的有于谦遗迹的地方。纵使时光流逝，今天站在这里，仍然能感到一股浩然正气。

一次次从泼向他的污水中脱身。

在这些欲加害于谦的众小人中，徐有贞，石亨当属导致于谦最后悲惨结局的主要推手。

徐有贞和于谦结怨于"土木之变"。那时徐有贞还叫徐珵，因为英宗被俘，他极力主张京都南迁。此举被于谦视为荒谬。这以后徐珵很长时间得不到景帝的提拔，直到改名为徐有贞之后，才得到表现的机会和提升，由此他对于谦一直怀恨在心。

石亨则是在瓦剌最初进犯时，因为兵不敌敌军败逃回京师，从而被逮入死牢。北京保卫战时，于谦需要动员北京所有的力量，因而想起石亨晓畅军略，善于带兵，就向当时担任监国的郕王朱祁钰保荐石亨，让他戴罪立功。石亨在于谦的提携下重见天日，也因此感恩戴德，战斗中奋勇杀敌，在保卫北京的战斗中立下大功从而被升为武清侯。这时的石亨还很谦卑，对于这个荣誉觉得很过意不去。因为自己是在于谦的领导之下，即使有功劳，这功劳也不如于谦，便上疏举荐于谦长子于冕。此举完全出于善意，但有违于谦一贯的清廉、刚正不阿的道德准则。石亨因此遭到于谦的当面痛斥："国家多事，臣子义不得顾私恩。且位大将，不闻举一幽隐，拔一行伍微贱，以裨军国，而独荐臣子，于公议得乎？臣于军功，力杜侥幸，决不敢以子滥功。"石亨本一番好意，却遭此批评，就认为于谦此举是为了彰显了他的清廉的同时把他石亨塑造为一个专好徇私舞弊的小人，心里埋下了对于谦不满的阴影。再加上当时石亨掌管京营兵，有时自己想放肆一下，一想到有于谦就在眼前就不敢了。因此，心里对于谦的怨怼与日俱增。

明英宗在皇位失而复得的第二天，就重重地犒劳徐有贞，石亨等参与"夺门之变"帮助他重上大位的有功之臣：擢升徐有贞为兵部尚书，石亨在这之前已经封侯，这次就给他加了一个名号：忠国公。徐有贞，石亨等当初之所以会策划实施"斗门之变"不就是梦想着成功以后加官晋爵吗？但心中梦想终于变成了现实后这伙人也没有感到十分的欣喜。因为，只要想到于谦，他们的胜利果实就不会让他们感到踏实的甘甜。于是，他们在加官晋爵后的第一个瞄准的进攻目标就是于谦！

然而，要想除掉于谦并不是一件容易的事情。因为这个人的行为几乎找不到瑕疵，找不到任何攻击的理由。所以要干掉于谦只能借助英宗的手。

英宗对于谦最大的不满来自于在自己被俘期间，于谦拥立景帝朱祁钰（尽管让朱祁钰即位也是自己当时的旨意，但想到自己被软禁的日子，他就把这一切全推给于谦了）。而且，于谦和朱祁钰之间互动良好，所以，于谦的存在的确让英宗感到自己的大位岌岌可危，随时都有坍塌的危险。但另一方面，于谦在保卫北京时立下大功，这是人臣共知，杀了于谦，恐怕对民众无法交代。但在徐有贞等执意要把于谦置于死地的人的夹攻之下，英宗显然很难再犹豫不决。

徐有贞先在朱祁镇面前列举了于谦的一系列"罪行"：无论是不愿和也先谈判还是拥立新君，其目的都是是想置太上皇于死地。英宗很容易就相信了这些说法，但是还是不想轻易背上杀功臣之名。直到徐有贞说出："不杀于谦，此举无名！"这触及了朱祁镇心里最虚弱的地方：他的大位的延续的正当性！虽然这也同样是自己的认识，但经外人说出好像潜意识里的危险性就变得更加的真实，更加的恐怖。于是，于谦就死定了。

很快，一道置于谦于死地的圣旨就下达了。

石亨、徐有贞等真是如获至宝，立即率锦衣卫来到于谦位于现在的东城区西裱褙胡同23号的家。可是，眼前景象让这群小人惊呆了：于谦府第陈旧低矮，室内摆设简陋，家无余资，连一般官宦人家常见的奴仆婢女也没有。正屋门上有双锁紧锁，石亨、徐有贞想这一定是于谦储藏金银珠宝的地方，命人砸开房门，登时目瞪口呆：里面除了皇上所赐封存完好宝剑、冠带、印信等物，并无他们想像中的财物。见此情景，一些参加此次行动的兵将不由自主地为之垂泪。

徐有贞等人马不停蹄，来到于谦的长子于冕夫妇、义子于康夫妇和女婿朱骥夫妇的家，宣布把六人发配龙门卫（今河北赤城县龙关镇），即日启程，不得耽搁。

为了对民众有一个交代，徐有贞等人为于谦定了一项莫须有的罪：迎立外藩。这本是极为严重的罪行，不但要杀头，还要灭族。和于谦同时被捕的人一闻知这罪名就跳了起来，为这样的无耻动怒。因为所谓迎立藩王，必须要使用金牌召藩王入京，而于谦他们在保卫北京的过程中从没有动过金牌！可是于谦却不为所动，冷静地说道："这是石亨他们指使的，说再多也没有用！"

由于是莫须有的罪，负责此案的主审官审了半天，找不到于谦等人有迎立藩王的罪证，就向徐有贞请示如何处理这个难题。徐有贞不假思索就回答说："虽无显迹，意有之。""意欲"也成为"罪"，和当年秦桧之流以"莫须有"的罪杀害岳飞多么的异曲同工！历史就这样惊人地重复着，一代又一代。好在历史不是徐有贞等人写的，清者自清，浊者自浊，让我们可以在未来的岁月长河里铭记那些为国家洒热血的民族脊梁。

天顺元年即景泰八年（1457年）正月二十二日，是朱祁镇复辟的第六天，也是于谦被逮的第六天。北京阴霾重重，于谦等八人的囚车驰向西四牌楼。京城百姓闻讯前呼后拥跟随在囚车后面，呼天抢地，哭声震天，为于谦等人喊冤。

知道自己即将被杀，于谦视死如归。他对围观百姓说："当年我掌握了百万大兵而不谋危社稷，如今一老赢秀才，怎么会想到谋危社稷乎？南宋的文天祥昔日就在此处就义殉国，于谦今日能够死在此地，愿已足矣。皇天后土，昭昭我心！"说罢，热泪纵横，引颈就戮，时年60岁。为威吓百姓，石亨命令暴尸七天，不得祭奠收尸。

京城百姓闻于谦冤死，老幼皆泣，合门私祭，《明史》载"京郊妇孺无不

居庸关

今天的居庸关，那些飘动的白带已经不见，于谦也随着岁月走进了历史的尘烟。但愿，历史不会给那些飘动的白带回来的机会。

洒泣","行路嗟叹，天下冤之"。当时还流传了一副民谣来怀念被冤死的于谦和在保卫北京中担任副总兵的范广：京都老米贵，哪里得饭广（范广）？鹭鸶水上走，何处觅鱼嗛（于谦）？

戍边的将士闻知于谦被冤杀，莫不涕泣，举营祭奠。居庸关内外树上一时间尽挂白带，在凛冽的寒风中，一条条的白带迎风飘动，天地犹如在震动，在怒吼。在山西、河南、浙江等于谦生活过的地方，百姓闻知噩耗，莫不哀恸号哭，在家中设灵祭奠。

在北京，慑于朝廷淫威，无人敢去刑场祭奠，也无人敢去收尸。太监曹吉祥手下有个指挥使叫朵儿，因景仰于谦，置生命于不顾，带着酒物到西四牌楼下哭奠。曹吉祥得知后，将他痛打一番。第二天，朵儿忍着身体的伤痛又哭着去祭奠，回来同样被痛打一番，打得皮开肉绽。第三天朵儿拖着皮开肉绽的身躯一步一步爬到西四牌楼下哭祭于谦，并守尸一夜，然后当晚逃出京都，奔往塞外。京城百姓被朵儿的行为壮了胆，一起带酒物前往西四牌楼祭奠，号哭之声，响彻天地。石亨差人前往阻挠，但祭奠者日夜不断，络绎而来。

都督陈逵一直仰慕于谦的德操，今见民众如此勇敢，也冒着生命危险在于谦被斩第四天晚上三更时分，收买哨卒，将于谦尸骸收殓，偷运出城，葬于西直门外。于谦被害的第二年，他的被谪戍边的儿子于康等人得知父亲已被斩首，尸体被收殓，一心潜回京城安葬父亲。看城门的士兵得知他们是于谦的后人，故意放行。他们悄悄来到北京，找到陈逵，将于谦尸首挖出，包装好，昼夜兼程，回到家乡，遵照于谦遗言，将他葬于杭

于谦坟墓

于谦现在就躺在一派秀丽的西湖山水之中，为西湖的柔美增添了英气。

州三台山。

　　老北京最有名的刑场，在宣武门外菜市口，可那是清朝的刑场。而明朝的时候，北京的刑场是在西四牌楼下边。当初明成祖定都北京的时候，曾经在如今阜成门内大街和西四北大街的这处十字路口上，盖了四座牌楼，一个路口一座，因为这是紫禁城的西边，所以才叫西四牌楼。几百年来作为老北京城的闹市区，这儿天天是车水马龙！到了1954年，为了改善交通，那四座牌楼都被拆了。当年南北两个路口的牌楼都写着"大市街"，东边的牌楼叫"行仁"，而西边牌楼则叫"履义"。在明朝的时候，这 "履义"牌楼下边，就是给犯人砍头的刑场。与西边的"履义"牌楼相对的，是东边的"行仁"牌楼，这儿，在明朝是用来凌迟的刑场。凌迟这种酷刑，要把犯人活着割三千多刀，受尽折磨才能让他咽气。明朝末年，在北京的最后一位明朝皇帝崇祯中了满清的离间计，把一位曾经用火炮击毙清太祖努尔哈赤，力保大明江山的有功之臣袁崇焕押在西四的行仁牌楼下凌迟处死！从这起，明朝再没有人能抗衡满清八旗的铁蹄。因此，可以说西四牌楼已成了明朝由衰转亡的转折点。 因为它见证了于谦被杀，袁崇焕被剐两起冤案，就分量来说，这两起冤案中的任一起就足以撼动大明的根基，两起加在一起，大明朝就当亡了。所以说西四牌楼忠实的记录了

现今的西四牌楼遗址

　　现在车水马龙的地方就是当年西四牌楼，现代文明的尘烟似乎已经洗尽了当年这里的血腥。但历史留下了当年为了国家尽忠尽责在这里被冤杀、被凌迟的人的身影，这将是不可抹杀的。今天我们走过这里已很少有人想得起当年的那些淋漓的鲜血，但冥冥之中他们将伴随着这个民族一起走向未来。

整个大明朝的兴衰命运一点都不为过。

从西四出发，往北走几百米，有条不起眼的小胡同叫西四北五条，这个地名是从1965年才开始使用的，在那之前，这儿叫石老娘胡同。

明朝天顺年间，也就是明英宗复辟，杀了于谦以后，有人曾经在这条胡同的东口盖起了一座当街庙。这座庙原本就位于现在西四北大街的路中间，往来的人都要绕庙而行，直到民国初年，为了方便交通才把这座当街庙给拆了。当初这座庙里供的就是那位曾经俘虏明英宗 兵围北京城的瓦剌太师也先！而给他盖庙的人，居然就是大明朝的英宗皇帝！

当年也先俘虏了朱祁镇后，认为这个人很有利用价值，就对他十分友善，经常设宴，给他改善生活！后来在北京德胜门下瓦剌大军被于谦杀得大败，无奈之下也先把朱祁镇放回北京。其实也先这么做的目的是想挑起明朝的内乱！不出所料朱祁镇回到北京八年后，就发生了夺门之变，朱祁镇废掉自己的弟弟然后自己二度登基！接着又在西四杀了于谦。按理说这正是瓦剌太师也先一直等待的明朝内乱，但也先却没能抓住这个机会再次兵围北京！

原来在夺门之变之前，瓦剌国却先出了内乱。也先被人刺杀，丢了性命。到了朱祁镇复辟的时候也先已经死了好几年了！

和中国很多无情无义，心狠手辣的皇帝比起来朱祁镇还算是一个有情有义的人，除了杀掉自己的弟弟朱祁钰这一点显示他的残酷无情，杀害于谦显得他昏庸，在对待王振，夺门之变的有功之臣，以及给也先盖庙这些事上他完全可以称得上是一个有情有义的男人。再次登上皇位后，经过一番波折，吃了一番苦的朱祁镇经常想起自己一年多寄人篱下的俘虏生活，尤其是对照自己回到北京以后那八年胆战心惊的日子，朱祁镇更加感念当初被瓦剌人俘虏的时候也先对自己的各种厚遇，完全忽略了也先这么做的居心。他内心对也先充满了感激，于是就让人在如今的西四北大街上为也先盖了一座当街庙，庙里供着也先的牌位。和别的庙不一样，从前的庙都是坐北朝南，而这当街庙却是坐南朝北！因为也先是蒙古人，当街庙朝北是为了让他能够面朝故乡，这也算是朱祁镇对也先的一种特别照顾吧！想当初这位也先也算是一代枭雄，而那座已经消失了的当街庙就是他最后的归宿了。

也先所在的瓦剌国就是后来蒙古土尔扈特部落，自从也先死后，土尔扈特逐渐衰弱，为求生存，他们迁徙到了俄罗斯境内。可后来由于忍受不了沙皇的压迫，土尔扈特举族东归，回到了中国，而此时的中国已经是清朝乾隆年间，土尔扈特人东归的故事被后人写成了东归英雄传！

西四北大街

也先至死也没有想到，朱祁镇会对他那么感念，会在他死后为他建一座庙。也先假如在天有灵，会不会后悔当初他对大明的那些心机？

恶有恶报

徐有贞，石亨，曹吉祥等人仗仗夺门之功爬上高位后更加骄横跋扈，为所欲为。紫禁城笼罩在白色恐怖之中。但很快，这群小人开始为各自的利益内斗，所以最终他们也没有逃掉命运的惩罚。

于谦被害以后，徐有贞就成了英宗眼里最有才的人选，对其十分宠信。石亨、曹吉祥等人于是感觉受到了冷遇，日夜图谋打击徐有贞。最后两人设计使用离间计，使英宗疏远了徐有贞。小人整人往往都希望斩草除根，对他们昔日的同盟也不例外。徐有贞一天不死，朱祁镇就有一天会再度宠信徐有贞。于是他们就唆使言官弹劾徐有贞"图擅威权，排斥勋旧"，徐有贞很快就被逮入狱，接着被贬为民，发配边疆。去除了徐有贞这个绊脚石后，石亨、曹吉祥以为可以肆意而为了。

在现在北京东城区外交部街上有一座北京城里最早的欧式建筑——迎宾馆。这是清朝宣统年间为了招待来中国访问的德国皇帝威廉二世而修建的。后来袁世凯和孙中山都先后入住过这里。1912年这儿又成了北洋政府的外交部。新中国的外交部也在这办过公。而这条街也就因为这个开始叫外交部街了！

可是在这之前，这条街道还有个名字叫石大人胡同。明朝天顺年间，有个姓石的人在这建了一处豪宅，包括现在的迎宾馆在内，将近一半的胡同都曾经是这栋豪宅的地皮。而豪宅的主人就是当年帮助朱祁镇复辟的武清侯石亨！

迎宾馆

这个堪称北京最早的欧式建筑的迎宾馆是风云突变的中国近代历史一个重要场所。清末、民初再到初期的人民共和国的许多外交都是在这里完成，袁世凯，孙中山先后是这儿的主人。北京的魅力之一就在于它处处可以触摸得到历史，迎宾馆就是这样的一个让人可以"呼吸"历史的所在。

最开始朱祁镇对石亨以功臣自居，把持朝纲，结党营私还有所容忍。可过了几年，一个偶然的机会朱祁镇和几个大臣登上了紫禁城的东华门，一位大臣忽然指着远处的一片房子问道"陛下，这是哪位王爷的王府啊？"朱祁镇回答说："那不是王府，是石亨的家。"那位大臣又说"真没想到啊！就算是王府也比不上这处宅子啊！"朱祁镇听了心中不由一动！要知道这天下唯一可以比王府还要豪华的地方只能是皇宫。

此时的朱祁镇在坐稳了江山以后也在担心石亨等人的权利过大会对自己不利，在听了那位大臣看似无意，实则有心的提醒之后，朱祁镇知道自己应该出手！很快石亨的党羽先被撤职查办，接着石亨自己也被

SI HAI MAN YOU
BEI JING PIAN

关进了大牢，最终在牢里病饿而死。而石大人胡同里那套超标准的豪宅也被当作罪证之一被查抄一空。可石大人胡同这个地名，却又流传了数百年。

石亨死后，他的余党太监曹吉祥，曾经发动叛变，围攻紫禁城，也被朱祁镇剿灭了。几经动荡的大明朝又趋于平稳。

明天顺八年，三十八岁的朱祁镇病逝。在他之前，皇帝们都有把后宫嫔妃活埋、陪葬的传统，但朱祁镇在临死前废除了这种残忍的制度。这也是他令后世十分称道的一项仁政。

而今北京天寿山下十三陵中的裕陵，就成为了朱祁镇最终的归宿。

朱祁镇死后，他的长子明宪宗朱见深即位。明宪宗给当年被冤杀的功臣于谦平了反，并把于谦在北京的住所，改建成了于谦祠。这处于谦祠现在就位于北京东城区西裱褙胡同23号。不过现在要找这于谦祠可不大容易了，因为它已经被一处建筑工地给包围了，您只能隔着工地的围墙，看看于谦祠的房顶。据说这是要在它旁边盖一座商务大厦。看来这处已经安安静静度过几百年的于谦祠，今后就是想寂寞都有点难了！

今天的外交部街

这条外交部街以前的名字叫石大人胡同。由此可以想像当年石亨招摇、跋扈到多大程度！联系到他后来的结局，不由得会让人想起那句话：天要叫你亡，先必使你狂！这样的狂人还是少一点好，这也许就是今天这条已经易名的街道给我们的最大的启发。

胡同之最

提起北京的胡同那是无人不知，无人不晓，但是，北京最长、最短，最宽，最窄和最老的胡同您知道在哪吗？还有那最恐怖的胡同，最难听的胡同你见过吗？

胡同这个名字从元朝元大都刚建好就有了。元朝的时候有出杂剧叫《关老爷单刀赴会》，在这出戏里，关公关老爷一举大刀，大喝一声，杀出一条血胡同来。胡同就这么来了，后来一考证，这就是胡同最早的有记载的出处。

最古老的胡同

走在西四南大街的时候，就在路的西边，一抬眼就能看见一座砖塔，别小瞧了这座塔，它可有年头了，元朝大都城刚建的时候就了它，而它旁边的这条胡同，就以此塔得名，叫砖塔胡同，这砖塔胡同就是北京城最古老的胡同。

砖塔胡同

这条胡同据说是北京最古老的胡同，除了那座砖塔看上去有点年头，其他的看上去和别的胡同没有两样。

最难听的胡同

从西四砖塔胡同奔南，有一个小胡同，叫朱苇箔胡同。早先这条胡同不叫这名，而是叫猪尾巴胡同，发音和朱苇箔胡同差不多，一个很难听的名字。从朱苇箔胡同往北走，走不了几步，就到了珠八宝胡同。珠八宝这名字，够珠光宝气的。可是，这条胡同原来的名字，说出来能把人的鼻子气歪了，它叫猪粑粑胡同。再接着往北走，过了新街口，就在新街口北大街的东边，还有一条胡同，叫时刻亮胡同。这名字起得那么亮堂，一听就那么舒坦。不过，如今这条胡同已经不在了，成了一片大工地。但您要问问周围住的老人，他们都能说出过所以然来。因为这条胡同过去太有名了，它的名字可是全北京城胡同名字里最难听的，叫做屎壳郎胡同。

为什么从猪尾巴胡同开始，越往北，胡同的名字就越难听呢？因为从元朝到民国的这段时间里，西四到新街口这里是北京著名的穷西北套。越往北越穷。当地老百姓还编过一句顺口溜：北城根儿，穷人多，草房破屋赛狗窝。穷人连肚子都填不饱，生活中还能有什么讲究？在给胡同起名字时就不会想到图什么动听悦耳，就图记起来方便，所以，名字往往就通俗得过了头。

不过，这些胡同名字不好听，也不全是这个原因。有的名字纯属一个误会。胡同一词之所以最早出现在元朝的原因就是因为这个词不是汉语，是蒙古语！最早念做："忽洞格"，意思就是井边的小巷子。屎壳郎胡同用汉语很难听，实际上它是一句蒙古语，翻译过来就是甜水井。

北京的胡同过去大多都是用井字来命名的，光"井儿胡同"就曾经有过十个。像现在崇文门的镜子胡同、南锣鼓巷的景阳胡同、新街口的景尔胡同、东华门的景丰胡同，过去都叫井儿胡同。另外，还有什么大井，小井，前井，后井，甜水井，苦水井的，还有现在还在叫着的双井。

过去的时刻亮胡同是一条南北向的胡同，就在胡同的北边，当年有一条东西向的胡同与它相交，如今这条胡同已经并到了北二环路，说起这条胡同当年的名字，就不是难听那么简单了，而是恐怖，它叫有鬼胡同。

要是没有人告诉，没有人会把"朱苇箔"和"猪尾巴"连在一起。北京的胡同名就是这样，千奇百怪，但是它绝对是后人研究老北京民情风俗的一道窗口。

最吓人的胡同

虽然听起来恐怖，这条胡同实际上并不太吓人。为什么起这么一个吓人的名字？以前这里是穷西北套，白天没什么人，晚上就更没人了，这一没人不就只剩下鬼了吗？所以，那些爱开玩笑的人就起了这么个恐怖的名字。到了清朝末年，情形开始转变了，这里开始有了点繁华的迹象。住在这里的人们就想，这叫有鬼胡同还不把来给咱投资的客户给吓着了？改，于是就把有鬼胡同改为油炸鬼胡同。把鬼油炸了，应该就不恐怖了吧？

又过了几十年，到了民国，这里变得更繁华，有一些知识分子住在这里了。这时人们觉得油炸鬼这名字听着十分恶俗，接着改，于是就改成油炸果胡同。到后来，干脆把炸字也去了，就叫有果胡同了。有吃有喝还有果子品尝，这一下，大家都满意了。可千辛万苦的把名字改好了，如今胡同却没有了。

照理有鬼胡同的名字已经够吓人了。北京还有更吓人的胡同：鬼门关胡同。事实上，鬼门关胡同并不真正的是鬼门关，叫鬼门关的胡同都有一特点：胡同窄，来的人少，打闷棍的会藏在里面，倒霉鬼要是遇见了就出不来了。真有这情形，这胡同不就是真正的鬼门关了？

所以，起这么个吓人的名字就是为了给来的人提个醒：从这里过，您得千万小心了。在一本叫《京师坊巷志稿》的书里，提到当年北京城里有四处鬼门关，他们分别为西域兴化寺街附近和二龙坑西边各有一个，宣武琉璃厂西侧也有一个，最后一个在东城的孔庙后边。

孔庙本来是供奉孔圣人的地方，周围怎么会有打懵棍的？这个位于孔庙后面的鬼门关胡同的名字具有另外一层含义。以前住在这里的老百姓遇到家里死个人要办个白事走个棺材，按照规矩棺材是不得从孔庙门前的成贤街过的，所以得绕到孔庙后面去。这样一来，后边的胡同尽走棺材了，所以老百姓就给那胡同起了一名，叫鬼门关胡同。

一个鬼门关胡同

北京一共有四个鬼门关胡同。虽然起这个名是为了提醒大家小心，并不是里面真的有鬼，但因了这名字，这里还是不让人感到鬼气森森。

最长的胡同

北京最长的胡同要数东交民巷了。这条胡同与长安街平行，在长安街南面，东西走向，东起崇文门内大街，西至北新华街。要说它有多长？做个形象的比喻，北京城过去的主干道长安街从西单到东单只有八里，东交民巷有六里五，只比长安街短了一里五。

东交民巷早年间不叫这个名，而是叫江米巷。元朝定都北京后，修了元大都，挖了一个漕运的河道叫通惠河，上面走漕运的船只。这些船当年就在停船板胡同卸货。这货里有很大一部分是粮食。南方的糯米到了北方，老百姓习惯叫江米，因为当年这个街上尽是倒腾江米的，所以这个地方就叫江米巷了。到了明清两代，因为这里离皇上家最近，方便早请示晚汇报，而且就连皇上打个喷嚏也能立马听见，所以朝廷的各个衙门就一股脑的奔这里迁。当时这里的情形可是一个壮观！这条街顺着数就有宗人府、吏部、户部、礼部、兵部、工部、鸿

今天的东交民巷怎么看也和早年的倒腾江米没有关系。

胪寺、钦天监、太医院等等等等，国家的大半个朝廷都搁这儿了。可是到了清朝末年东交民巷却成了外国人的使馆区，皇帝家的大门口怎么被外国人给占了？因为东交民巷这块地方离皇上家近干什么都方便，当官的都奔这里来了，等当官的来了，另一群人觉得离当官的近有利可图，于是也奔着东交民巷来了，这群人就是当时各国驻华的使节们。乾隆年的北京是世界上最繁华的城市。洋人的使节们一进京城就到这儿来给皇上上贡，再给什么一品二品大员上贡，上完贡就赖着不走。再做做生意，居然能捞到大钱。有钱赚让洋人就来了情绪，一拨接一拨，大批的直往江米巷里住。

来这么多洋人使节，都是有身份的人，又带那么多贡品来给天朝上贡，俗话说巴掌不打送礼人，需要为他们提供住宿。于是明朝永乐五年的时候，在东交民巷建了一座四译馆。用今天的话说这相当于一外语学院，养一帮洋人在中国当教书的，专门培养翻译人员。第二年这里又建了会同馆，一座给洋人专用的宾馆。到了清朝乾隆十三年，把两馆兼并在一块，改叫会同四译馆。再往后，还给他们建了用于居住的宅子。当时建的所有这些一共占去了东交民巷的二十分之一。但洋人的胃口太大，主人都把最好的地方留给他们了，他们居然不知足！第二次鸦片战争后，洋人借着天津条约，全面进入东交民巷！当时不要说大小衙门了，就连大清国的皇亲国戚们也难幸免被赶出了东交民巷。英国占了淳亲王府；法国抢了安郡王府，美国俄国等也都找到了自己的地盘。皇帝家门口眼前的这点地方，就这样被这些洋人连赖带抢给占了。

还有更邪乎的，洋人早年间占了这地方，还以为这是在他们自家门口，想怎么折腾就怎么折腾，想怎么闹就怎么闹，把好好的地名改得四不像。江米巷当时已被东交民巷取代，他们认为东交民巷不恰当，应叫使馆区大街、往北的长安街应为意大利街、边上的台基厂也改为哈特路，翻译过来就是澳国公使馆界。还有更甚的，洋人居然在现在的东单体育场那里修了一个兵营！

大清国皇帝的家门口住着一个外国兵营，每天架着火枪大炮对着皇城，中国人谁能忍啊！但连皇帝都忍了，老百姓也没什么办法，只能发发牢骚而已，于是东交民巷就有了一对著名的对联："望洋兴叹，与鬼为邻"。后来洋鬼子就这么叫开了，专指外国人。

后来也有忍不住的，这就是义和团。义和团进北京，围攻了东交民巷五十多天，攻打东交民巷的同时，义和团顺便把那些不伦不类的外国名字也一并抹去了。洋名没有了，也不叫东交民巷了，就叫鸡鸣路，就是雄鸡一唱天下白，中国人全觉醒了合起伙来打洋鬼子去意思。可是没几年这义和团也失败了，东交民巷又恢复了以前的状况。直到1949年建国之后，政府觉得使馆区放到这不太合适，于是外国使馆就挪到了三里屯那一片。东交民巷就成了北京城里一个非常幽静的老街了。

最短的胡同

有最长的胡同，那自然就会有最短的胡同。在北京多短的胡同才算的上是最短的呢？北京最短的胡同就在琉璃厂东街东口的东南，桐梓胡同东口至樱桃胡同北口的这一段。不过如今这里已经看不到这段胡同的真身了，因为南城改造的时候，这条胡同已经并入了杨梅竹斜街。现在我们只能根据它以前的名字来判断这里曾是北京城最短的胡同了。这条胡同叫做一尺大街。一尺长的胡同，的确应该算得上最短了吧。不过，说是一尺，这条胡同并非只有一尺长，根据记载，这条一尺大街，确切的长度是25.23米。

杨梅竹斜街

北京最短的胡同已经融入这条大街，难见踪影了。

最宽的胡同

北京最宽的胡同非常有名，它位于西城区的中部。胡同是东西走向，东起府右街，西到著名的商业街西单北大街。这条胡同就是灵境胡同。可是知道灵境胡同的人多，知道这个名字来历的人就没有多少。

据说以前灵境胡同里有一个道观叫做灵济宫。这灵济宫很有来头。据《帝京景物略》记载，明永乐十五年（1417），皇帝朱棣患病，夜间入睡做梦梦见两位道士前来授药，不日其病即愈。皇帝甚为感激，于是下令在今天的灵境胡同为这两道士建宫祀，赐名为灵济宫。并封这两道士为玉阙真人，金阙真人。既然是皇家敕建的寺庙，其占地之广，规模之大，可想而知。每逢初一、十五、立冬、夏至等节令，皇家总要派大臣前往烧香祷告，祭祀真人。有时，大臣患病，也要想办法到此祭祀，以求真人保佑，早日康复。明代凡有重大朝会，文武百官也要先到此聚集，习仪演练。许多明代文人，在此留下了歌颂灵济宫的诗文。有首诗写道："地可招松鹤，仙源此处通。"灵济宫的道士还经常举办讲学活动。主持讲学的人，有时是大学士，有时是吏部尚书。听讲的人自然也是一些高官，每次讲学参加者多达千人。

到了清朝嘉庆的时候，北京大兴宋家庄的一个叫林清的人纠集了一伙人，买通了宫里的太监，从皇城的西华门杀进皇宫。当时恰巧嘉庆皇帝不在宫中，皇宫的戒备没那么森严。灵境胡同离西华门非常近，这些杀进皇宫的人中有一部分是从灵济宫进来的。守皇城的官军猝不及防，皇城还真被这些人给攻下来了。攻进了故宫后，林清的手下竖起了大明天顺的大旗，林清也顺带着过了一把皇帝瘾。不过，这把皇帝瘾过得并不长。一天之后，清军的大部队就攻进了皇城，大明天顺的王朝梦只做了一天，可以算得上中国最短命的王朝了。这一天的王朝，史官们实在懒得记，所以，大明天顺的名头今天就很少有人知道了。但是，皇帝的家被人给占了，这实在是一件糗事，不能不记下来，这就是史书上著名的天理教起义。

自己的家就这样被几个蟊贼占了，嘉庆皇帝实在咽不下这口气。灭了天理教，他还不解气，顺带着连灵济宫也恨上了。原本一个香火旺盛的道观，渐渐的就这么没落了，到如今连只墙片瓦都没有留下。这还不算，灵境胡同为什么会藏着蟊贼呢？那是因为它窄，容易藏污纳垢，得改。最后，这灵境胡同就成为北京最宽的胡同了。

灵境胡同 ● ●

在这条号称北京最宽的胡同的背后隐藏着的是当权者的霸道，随心所欲。同时，和它的名字一样，也笼罩着一层神秘的面纱。

揭秘清东陵

清东陵 ● ●

这是一座历经247年建设而屹立在我们面前的皇家陵园，这是一座埋示了赫赫有名的顺治，康熙，乾隆，慈禧等帝后的皇家陵园，也是一座埋示着无数珍宝令军阀悍匪垂涎的皇家陵园，这座皇家陵园就是1994年被联合国教科文组织列为世界文化遗产的清东陵。

清东陵是清朝入关后的第一座皇家陵园，也是清王朝三大陵园中最大的一座。提到清东陵，大家都会不自觉地为它罩上一个神秘的光环，时至今日，这里面仍然还有许多难解的谜团，现在我们就试着一个个揭开这些迷团。

营建之谜

1、选址

清东陵坐落于河北省遵化市马兰峪以西的昌瑞山一带。西以天津蓟县为邻，北与承德兴隆接壤。四周群山环绕，中间坦荡开阔。山高而不穷，峰青岭翠；水阔而不恶，波碧流缓。确实是一处不可多得的风水宝地。

传说清朝入关后，顺治皇帝经常带人四处打猎。一天他们不经意来到遵化所辖的马兰峪境内，跃上了郁郁葱葱的凤台岭，清朝开国皇帝顺治皇帝立即被眼前的景物迷住了：向北看，重峦叠嶂、群山蜿蜒；转身南望，群山之中竟环抱着坦荡如砥的土地，真是山川壮美，景物天成。他翻身下马，在凤台岭上选择了一块向阳之地，十分虔诚地向苍天祷告，随后相中了一块风水相宜的地势，将右手大拇指上佩带的白玉扳指轻轻取下，小心翼翼地扔下山坡。静默片刻，他庄重地向身旁群臣说："此山王气葱郁，可为朕寿宫。"须臾片刻又说："扳指落处定为穴。"群臣遵旨，顺着扳指滚落的地方寻觅，终于在草丛中找到了，然后在扳指停落的地方打桩做记号。后来，在这里果然建成了清王朝入关后的第一座陵寝——孝陵。

确定清东陵陵址的人历史上没有什么争议，公认就是顺治皇帝。但是关于顺治帝是如何找到这个地方的，说法就不一样了。上面是一种说法，还有另一种说法。按照后一种说法，顺治并不是不经意地发现了这个地方，而是根据前朝的记载，选择了这块风水宝地。

据说，这块风水宝地曾是明朝抵御北方外族侵略的前线。当年山上筑有边防工事，驻蓟州的镇远将军戚继光曾在此戍边，燕王朱棣也曾多次到过这里视察。"靖难之变"之后朱棣从侄子朱允炆手里夺得了皇位，成了大明王朝的第三任皇帝后就开始着手自己的陵寝。朱棣特别信奉风水，在丰台岭视察时看到这里风水极佳当即就决定把这里作为自己的陵园。但后来考虑到边防、安全因素，朱棣最后选择了地理形势更佳，风水既妙且贵的天寿山，第一次错过了遵化昌瑞山。民间称这是"一让"。后来另一位明朝皇帝也看上了这里，这位皇帝就是崇祯。

1627年，明熹宗朱由校病死，其弟朱由检继位，这就是崇祯皇帝。崇祯坐上大位后和他的祖先一样，把寻找一处可以保江山平安、社稷永恒的风水宝地作为自己的陵寝当着头等大事。按理说，既然老祖宗朱棣已选择了天寿山，朱由检除了天寿山就没有选择了。但天寿山到朱由检时一共已埋了前朝的12位皇帝，朱由检认为好位置已经没有了，应该另寻一处帝陵。

事还真的很凑巧，朱由检在一次巡视中和他的祖宗朱棣一样也爱上了凤台岭，并决定把这里作为自己百年之后的归宿。但朱由检和朱棣不一样的是轮到他明朝已经不是朱棣时候的明朝了。1644年3月，李自成领导的起义兵攻破北京城，朱由检被逼煤山上吊，自然死后下葬凤台岭的梦就破灭了。大明朝再次错过遵化昌瑞山---民间称之为"二让"。

因为有这"二让"的名声，这后一种说法就认为，当年顺治到河北遵化来打猎并不是为了打猎而打猎，而是为自己寻找一最佳寿宫之地而来。

虽然遵化的美名顺治早有耳闻，但当他真正到了遵化，他还是被这里的气势，美丽打动了。《昌瑞山万年统志》是专门记载清东陵的官方书籍。书中对东陵的风水备加赞扬简直到了无以复加的地步。书里描述说：昌瑞山是清东陵的后靠山，如果要寻山脉之源的话，它与清朝的龙脉——长白山同源。它的形态也同样无与伦比：中间主峰高耸，两侧山峰逐渐低下，宛然一道天然的屏风。与昌瑞山相对的是金星山，它是陵区的前照山。书里说：它就像一个跪拜在那里的臣子。更神奇的是，还有一座仿佛条案一样的小山摆在这两山之间。这样就构成了风水学上所描述的，靠山、照山、案山共处一条线上的最佳陵寝之地的形态。

现在在遵化当地还流传着："年年岁岁浇陵雨，不多不少七十二"的说法，这种说法确实很神奇。因为大家都知道，遵化是一个雨水并不算丰沛的地方。在清东陵一年比遵化的其他地方多下几场雨已属不易，而且还不多不少正好七十二场，这就更难上加难了。不过客观的说，清东陵这里四周群山环抱，植被茂盛，河流围绕，特殊的小环境确实可以让这里的降雨多于其他地区。至于说每年一定会下七十二场雨，那自然是民间对清东陵风水绝佳的附会说法了。

2、修建

选择好了风水宝地，顺治皇帝并没有急着动工兴建自己的陵寝。一个原因是当时清朝刚刚入关，百废待兴，统一天下的事还没忙完，他没有精力来管这事。另一个原因是：顺治六岁就登基当上皇上，在顺治八年他选了陵地，那时候他还是个十几岁的孩子，当时没有人想到他只能活到24岁。所以顺治的陵寝是在他死后，他的儿子康熙为他修建的。

顺治的孝陵

这是顺治永久的居留地。虽然他似乎不喜欢当皇帝，做皇帝时老想着出家，是一个三心二意的皇帝，可据说为他修陵墓却前后持续了247年！时间之漫长估计让躺在棺材里的他也不会好受。

建设清东陵，动用了多少人力、物力、财力，我们已无可计数，但是仅仅是运送、竖立那些巨大的石碑，沉重的石门、伟岸的华表，就让我们这些生活在科技发达的现代的人也难以想明白在过去的条件下，这样的工程是如何完成的？

建造清东陵所用的石料来自两个地方，一个是京东的盘山，另一处是京西房山。巨大的石料一块就重达几十吨，它们是怎么运过来的？按照明朝修建故宫的说法，石料的运输选择在冬季，沿途打井，满道泼水冻冰后，将石料放在冰道上，靠骡马拖拉到工地的。一些学者认为这种说法不可信，理由是骡马在冰面上会四蹄打滑无从使力，而且巨石会压碎冰面寸步难行。也许故宫的石料的确是用这种方法完成的。但是清东陵要是继续使用这种方法，它的难度就相当大。因为它的运输距离比故宫至少要远150公里。所以清东陵的建设者，就必须要找到另外一种更简便易行的方法。

这个300多年前的人们找到的办法其原理和我们现在所采用的一样。当时从房山往清东陵运送石料，必然要经过卢沟桥。卢沟桥始建于金代，就是在清朝它也算是古代建筑。所以年老体衰的卢沟桥，能否经受得住几十吨石料的重负呢？这时候有一个叫南怀仁的比利时人想出了一个办法。他让工匠在桥的一端安装绞盘，绞盘带动钢丝绳，慢慢牵引承载石料的车子过桥。就这样在卢沟桥完好无损的情形下把那些修建清东陵的石料运送出去。

运送石料的问题解决了，那巨大的石碑、华表是如何竖立起来的呢？古老的方法是逐步垫土，而清东陵的建设者运用杠杆原理。他们使用一种叫天秤的东西，用绞盘牵引完成了这个艰巨的工程。这种方法至今仍然沿用。从这可以看出古代工匠的聪明智慧。可他们也有算计不到的地方。

进入清东陵陵区的正门叫大红门。现在看大红门已是相当的宽阔了，旅游大客车也可以通行无阻。但就是这道门，竟然是清东陵工程的一个重大的设计失误。原因竟然是它太小了。这样一个38米宽的三拱券门洞，如何会因为太小而不合使用呢？这就要从清代的送葬制度上说起了。

大红门

这是皇帝的棺椁必经之地。因为设计失误，几百年来不知被开膛破肚了多少回。

清朝的皇帝死后要入葬，他的棺椁先是用32人的小杠抬出紫禁城，再用80人的大杠抬出京城，出城后才正式用最高标准的128人大杠。从京城到东陵一般要走 5、6天，杠夫共有60班，人数多达7920人。这样一个庞大的送葬队伍来到东陵的大红门前就遇到麻烦了。按照规定，皇帝的棺椁必须要走中间这道门，可128人杠着的棺椁绝对过不了这个门。按照规制，遇到这种情形可以降低一个规格，换成80人杠的。可即使是这样，仍然是过不去，再降规格就有违规制了。怎么办？当时的人是宁肯自己麻烦也不坏祖宗的成法。最后他们只好把红门东侧的风水墙给扒开一个豁口，等棺椁通过后再砌好。这样一来这道墙就惨了，只要是皇帝、皇后、皇太后入葬，它必然要被开膛破肚。几个世纪的寒暑，也不知道它被扒了多少回。

在过去大红门还有一个讲究：中间的门是神门，专门走棺椁的，东边的门是君门，是皇帝走的，西边是臣子走的臣门。过了红门就是神道。清东陵的主神道有六公里长。神道，顾名思义就是神走的路。清东陵除了有主神道之外，还有通往各陵区的支神道。不管是哪条道，只要是神道，谁都不能走，皇帝老子也不例外。但是工匠施工时要是不得不走怎么办？交通规则就产生了（这也许是中国最早的交通规则了）——主路不通走辅路。神道不让走，那就在它旁边开辟另外的路通行。可是挨着神道走总是危险的，因为当时的交通规则一旦违犯，惩处是很严厉的。比如在神道上违章调头，就会被发配边疆；如果是横穿神道，就要被杀头。遇到这样的情况怎么办？所以当时的人只能在主神道和支神道交会的地方横穿或者调头了。

这样的法规，实在是给工匠们的工作带来了不少的麻烦。但不管怎么样，勤劳的工匠们凭着他们的双手，完成了清东陵这个宏大的工程，为我们后人留下了宝贵的文化财富。

设施之谜

1、金井之谜
清东陵里最具神秘色彩的设施非它地宫里的金井莫属了。

关于这金井可是有着很多离奇古怪的传说。有的说，它可以沟通阴阳、交流生气，所以棺椁悬于井上，可保尸体不腐；也有的说，金井是通往大海龙宫的海眼，龙王在里面看守着地宫，所以井水不论旱涝，都是不升不降，因而不会溢出，浸泡尸体；更有的说井里的水能包治百病，井中的金银财宝数不胜数……

金井被渲染得如此神乎其神，主要是因为它处在地宫最核心的位置上，也就是地宫主人棺椁的正下方。名为金井，井里却没有水，实际它上是一个直径10多厘米，深不足1米的竖向圆孔。这么小的孔，龙王显然是钻不进来的，那只是过去风水家们的故弄玄虚罢了。金井又名穴中，是一座陵寝的穴位所在，用现在的建筑学解释，大概就是图纸上的圆点，它决定着地宫及整座陵寝的平面布局和各单体建筑的水平高低。所以，营建之初，都要根据风水和地质情况，首先确定金井的位置，也就是所谓的点穴。而这个穴位，在地宫修建的过程中，渐渐的被一层层灰土、石料所围合，就形成了一个井状的圆孔。传说在裕陵修建之前，精通易经的乾隆爷就曾微服出宫，前往裕陵所在的胜水峪，为自己的陵寝点穴，并在他满意的地点上，偷偷埋下了一枚玉扳指。第二天，正式的点穴典礼上，负责点穴的钦天监监正，左右思量、前后比对，终于选定位置，将手中的标杆扎入土中，再扒开土一看，居然不偏不倚，杆头正好插在了扳指的孔里，结果自然是皆大欢喜。虽然这只是个传说，但乾隆点穴这个故事更为金井增添了一份神秘。

金井

清东陵里最具神秘色彩的设施就是这金井。说它是"井"里面却没有水，但却有金银珠宝。"井"不盛水而盛金银珠宝，这种规格只属于皇家！

这金井之所以神秘，还神秘在它里面放的东西。按照规矩，在陵寝修建完毕，帝后入葬之前，都要在金井中放入一些金银珠宝，以起到镇墓的作用。所以有关金井的古怪传说中只有珍宝这一点是真的。至于相信井水能治百病的人，肯定要失望了。因为金井中根本就没有水！但地宫里却有，是外面渗进来的水。即使在我们现在住的钢筋水泥筑造的房子的地下室里一年四季都是潮乎乎的呢，何况地宫都是依山而建，山有山泉，水毫不怀疑会渗进位于地下的地宫。

2、龙须沟之谜

参观过清东陵的人会发现一个奇怪的现象：尽管乾隆皇帝的地宫可以说是最为豪华的地下宫殿，可和其他许多陵寝一样，渗水的问题从来没有断过！直至今日，仍是如此。每逢雨季，一天的积水就能过尺，几天不抽水，就能改游泳池了。而与它仅一陵之隔的慈禧陵，却总能保持干爽。这都是因为慈禧陵采用了最新的设计——龙须沟。所谓龙须沟就是在地宫的地面上留一些漏水孔，孔与地下的两条暗沟相连，从地宫下伸出来，如同龙的两根胡须，所以叫龙须沟。清陵都是依山而建，建筑物也是层层加高，所以陵寝的前后有一个落差。后部的地宫虽然深在地下，但地宫内的地面实际比陵院前的地面还要高。正是利用这一落差，地宫里的渗水便可通过漏水孔和龙须沟排到陵外玉带河或马槽沟里，避免了积水淹棺泡尸的危险。

龙须沟的发明还得感谢道光皇帝。据专家考证，正是由于他发现了渗水问题的严重性，才使解决积水问题摆上了议事日程，工匠们这才想出了龙须沟的解决方法。道光原来准备把陵建在清东陵的宝华峪。可还没等他住进去，有一次他听说里面就水漫金山了。他老人家一生气，就把这个陵寝废了不要了，又在清西陵重新盖了一座。虽说这种做法是有点败家子的意思，但正是从此，一条龙须沟让道光以后的龙子龙孙们，再也不会遇到死后还要学习游泳的尴尬了。

3、哑巴院之谜

说到尴尬，恐怕最让皇帝们感到尴尬的就是他们精心修造的陵墓，突然有一天被盗了，盗贼进入皇陵唯一的进口几乎是同一地点，就是方城和宝顶之间的哑巴院。

哑巴院其实本名应该叫做月牙城，看起来没什么奇特之处，实际上却是一个至关重要的所在。因为院中的琉璃影壁正好遮挡着地宫的入口，院内的神道下面就是进入地宫的斜坡墓道，昔日帝后的棺椁就是从这里送进地宫的。所以能否防止盗墓，这里自然是关键中的关键。传说，为了保住地宫入口的秘密，凡是月牙城的工程，所用的工匠都必须是哑巴。白天休息，夜间施工，上班下班的路上还都得蒙着眼睛，完工后，再把他们遣送到人烟稀少的边远地区居住。因为这个院子是哑巴修的，所以就叫哑巴院。当然这只是传说，因为哑巴虽然不能说话，但还能写字、画画、打手势，还是可能泄密，所以不足以信。叫哑巴院的主要原因是在古建筑中，通常把那些比较隐蔽的，从外面看不到的部分或构件，都用哑巴作为开头起名，像"哑巴当"、"哑巴椽"等，而月牙城比较隐蔽，外面看不到，所以才有了哑巴院这么一个奇怪的名字。

哑巴院 ● ●

每一座皇陵都有被盗的危险，而哑巴院在这其中起到至关重要的作用。"哑巴"这个词出现在皇陵里，无疑会让人联想起无数为修筑统治者坟墓做出奉献，最后却失去生命的人们。

4、七孔桥

这哑巴院其实就是全陵神道的起点，也是终点。神道是专为帝后棺椁通行的道路，凡夫俗子若是走了，横穿砍头，竖走流放。这样一来，神道就严重的影响了了陵园里交通的通畅。所以在营造东陵的时候，就建了很多座桥，一部分可以走水，而另外一些则是古代立交，下边走车、走人。清东陵从兴建至今，已经有了三百多年的历史了，由于自然或人为的破坏，桥梁坍塌了不少。所以东陵到底有多少桥梁，已经很难做出精确的统计了，但现存的仍有百座之多。而在这百余座石桥当中，最为著名的就要数孝陵的七孔神路桥了！

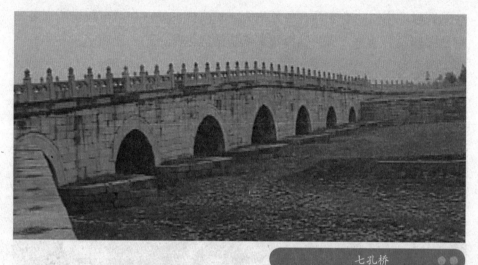

七孔桥

东陵里最著名的七孔桥。

孝陵七孔桥全长110米，宽9.08米，是清东陵桥面最长，桥孔最多的拱桥。不过它之所以闻名遐迩，即不在于它拥有最长的桥身，也不在于它具有最多的桥孔，而是由于每敲击一下这座桥的栏杆，就能发出金属般的声音来。

尽管每块栏板的形制相同，大小一般，且石质都完全一样，然而发出的声音却各不相同，或清脆嘹亮、或浑厚低沉，暗合我国古代音乐中"宫、商、角、征、羽"五音的音律，因此就有人把这孝陵七孔桥称为五音桥。可这桥到底是怎么能发出这么多种声音呢？秘密就在这石料，用的虽然不是什么名贵的汉白玉，也不是坚实的艾叶青，但据有关部门的化验得知，这儿的石料中含有50%的铁质方解石，也就是我们通常说的响音石。正是因为这种成分的存在，石桥才能发出悠扬的旋律，听起来还真有点像佛山古刹中传出来的晨钟暮鼓之声。

5、二郎庙之谜

不过现在七孔桥可不让人敲了。毕竟是几百年的文物了，禁不起每位游客去亲自体验，否则过不了多久，恐怕清东陵里的石桥就又要少一座了。虽不能动手，但看看总是无妨的，要知道在以前，连看的机会可都没有。因为皇家陵园内是不准有百姓、民坟和庙宇存在的。某个地方一经划定为陵区范围，所有东西都要迁出去。可奇怪的是，在清东陵里还真有一座二郎庙没有迁出，成为数百年来东陵陵区内唯一的一座庙宇。

二郎庙

清东陵里唯一的庙宇。因为二郎神主动请缨要镇住陵区的猴精，所以，在这皇家之地有了他的一个位置。

据说自从昌瑞山一带被划为皇家陵区以后，二郎庙作为一座普通的小庙，本应在搬迁之列。负责搬迁的官员在陵区外把新庙都建好了，可没成想，头天把二郎神的神像从旧庙搬到新庙安奉好，到了第二天发现塑像又回到了旧庙原处。一连搬了几次都是如此。官员们和皇帝都百思不得其解。一日，皇帝正在睡觉，忽见一员神将，长着三只眼睛，手

SI HAI MAN YOU
BEI JING PIAN

持三尖两刃刀，脚踏祥云，降落面前，对皇帝说：吾乃二郎神是也！我的庙前有大小猴山各一座，下面圈压着无数猴精，他们都是孙悟空的后代。为了镇住这些猴精，防止他们犯上作乱，我才不肯搬出陵区。事已点透，请陛下三思而后行！说罢便走，皇帝也猛然惊醒，寻思了一下梦中的情景，于是下诏不仅不再让搬庙，还划拨银两，扩建庙宇，重塑金身。从此，二郎庙名声大振，香火旺盛，成为了清东陵陵区里唯一的一座庙宇！

这虽然是一个传说，但现在清东陵里的二郎庙前确实是有大小猴山各一座，这两座猴山肯定是搬不走的，所以为图个吉利，让二郎庙留在陵区之内，永镇猴山，倒是完全有可能的。不过据当地人开玩笑说，也不知是二郎神走神儿了，还是他对什么不太满意，总之他并没有把那些猴精完全镇住，于是，还真有两个姓孙的人就和大清朝挂上关系了：一位是孙中山先生，推翻了清王朝的统治；一个是孙殿英，干脆带兵把清东陵给盗了。当然这只是个玩笑，一个民间幽默，因为这两位肯定不是孙悟空的后代。

神秘女人墓

1、孝庄与昭西陵

在清东陵的风水墙外，安葬着几个神秘的坟墓。这些坟墓的主人都是女性。她们有的贵为皇太后，有的地位低微只是皇帝的乳母。按照清朝的安葬制度，尊贵的皇太后是要和帝王们安葬在一起的。而在帝王陵区内，除了皇子、公主和少数几个清代早期获得特别批准的大臣之外，其他人是不能在风水墙外的陵区内下葬的。但就在这几位既非皇亲又不是国戚陪伴在皇帝陵寝周围的同时，在清东陵风水墙外的昭西陵里孝庄皇后却一个人孤零零地躺了280多年。一个侍奉了三朝皇帝，有着非凡政治才华的女人，死后为什么没有能和她的丈夫皇太极合葬呢？这个谜至今难解。专家学者各执己见，矛盾的焦点就是：孝庄皇后是否下嫁皇太极的弟弟——摄政王多尔衮。

在前人著述的清朝野史中，以及今人的许多文学、电视作品里，我们都能看到这样一段历史故事：孝庄本是蒙古科尔沁草原一个部落的格格，号称满蒙第一美人。13岁她嫁给皇太极。与此同时，皇太极的弟弟多尔衮也深深的爱上自己的嫂子。皇太极在位时，多尔衮的这段情愫就早已被孝庄获知，孝庄出于多方面的考虑，把这段感情掩藏了起来。当皇太极暴亡，宫廷中开始激烈的皇位之争时，孝庄采纳汉臣洪承畴的建议，利用多尔衮对她的感情，使他退出皇位的角逐，并拥立自己的儿子福临继承皇位。福临六岁登基，他就是顺治皇帝。在顺治年幼执政期间，孝庄一直是他的拐杖，周旋在顺治、多尔衮和各种政治势力之间，并依靠多尔衮稳定政局。也不知道在那段历史岁月中，孝庄的内心有多么的煎熬，我们仅从她为了巩固顺治的帝位，稳定错综复杂的政局角度看，孝庄下嫁多尔衮是可信的。

昭西陵

孝庄的陵墓孤零零地伫立在清东陵的风水墙外，这给她和多尔衮的那段恋情增加了许多佐证。去掉很多伦理道德的思维，一个女人一辈子有这么一段惊天地，泣鬼神的爱情未免不是一种福气。

单凭几段野史，若干部电视剧就确定孝庄曾下嫁给多尔衮确实理由单薄了些。但是这样的判断不是无据可依。嫂子嫁给小叔子虽然不符合汉族的伦理纲常，但在满族的婚俗中是允许的。其次，在清宫档案中，有顺治对多尔衮称谓的记载。起初他称多尔衮为皇叔摄政王，而后来干脆就称皇父摄政王了。所以综合众多的历史碎片，足以让后人相信孝庄曾与多尔衮有着一段不寻常的感情经历。而且正是因为这段历史，孝庄才决定死后不与皇太极合葬。但不和皇太极合葬并不意味着不能被葬在清东陵里，昭西陵为什么竟然被拒之清东陵的门外凄然地屹立在风水墙外？难道是她的子孙不能容她吗？

顺治二十四岁早亡，那时孝庄还健在，因此孝庄陵寝在哪里跟顺治无关。在孝庄的孙子康熙继位后，孝庄也是他坚强的后盾，祖孙两人是感情深厚，康熙是绝对不会做对不起孝庄的事情的。那究竟是谁，竟然如此大胆，把孝庄拒之门外呢？

这个人不是别人，正是孝庄自己。她曾立下遗嘱叮嘱康熙皇帝，大致的意思是说：太宗皇帝也就是她的丈夫皇太极已经安葬多年了，她死后再去打扰先人是不好的。而且她心里牵挂顺治、康熙，以后想把自己安葬在遵化清东陵，这样也好看顾儿孙。现在的一些观点认为这是孝庄给自己不与她的丈夫皇太极合葬找了个台阶，是一种冠冕的说法。然而孝庄在给自己找了台阶以后她万万没想到这件事却难坏了她的孙子康熙皇帝。

清东陵是顺治皇帝选定的陵址，他也是入葬清东陵的第一人。顺理成章地顺治的孝陵就占据了清东陵里最好、最尊贵的地方，以后的人再建陵都只能在它之下了。孝庄皇太后是顺治的妈妈，把她葬在比她儿子的陵寝地位还低的地方，这似乎说不过去。可是不把她葬在清东陵又违背了她的遗嘱，这可真让康熙为难。

不过康熙不愧为一代圣主，这么难办的事，竟让他想出了一个权宜之策。他命人把在紫禁城中为祖母建的一个寝宫拆了，全部移到清东陵。并选择在大红门左侧重新拼装起这个宫殿，把孝庄的棺椁安放在大殿里，还起了个名字叫暂安奉殿。这个办法既表示了康熙的孝心，又不违背孝庄遗嘱的要求。办法虽好，但是问题没有彻底解决。人毕竟没有入土为安。康熙遗留的这个问题，创造了一个记录，使得孝庄的棺椁成为清朝停灵时间最长的，前后足足停了37年。

后来的雍正为什么没有为孝庄再另外选地方建陵寝呢？原因是：昭西陵在清东陵大红门左侧，这里土厚质纯，砂石少，况且左为尊贵之位，凡是拜谒皇陵的人都要先经过这里，先祭拜这位东陵中地位最尊贵的孝庄皇后。不仅如此，昭西陵在建筑上也有不同于其他陵寝之处。比如它的围墙就有两道，一方面是出于安全防护的考虑，另一方面也是为这座孤陵增添厚重感。这就是为什么孝庄的昭西陵被拒之清东陵的门外凄然地屹立在风水墙外之谜。

2、苏麻喇姑的荒冢

在有关孝庄的电视剧和文学作品中总是伴随着一个和她同时代的女性——苏麻喇姑。有的电视剧中叫她苏茉儿或者苏兰。历史上到底有没有这么一个人物？如果有，她究竟是一个什么样的人呢？

这些疑问在清东陵找到了答案。在清东陵守陵官编写的《陵寝易知》这本书里，记载了苏麻喇姑这个人，以及她的陵寝安葬的具体位置。它现在已经是一座荒坟，在清东陵风水墙外的南新城。

苏麻喇姑是孝庄皇后的陪嫁侍女，她聪明伶俐，博学多才，通晓满、蒙、汉三种语言。她这一生除了侍奉孝庄皇后之外，用我们现在的话说，她还从事过三种职业。第一是服装设计师。据说清朝初期的服装样式，大多出自苏麻喇姑之手，特别是女人穿的旗袍。所以说苏麻喇姑在当时不仅是服装设计师，而且还是设计大师。苏麻喇姑从事的第二种职业是当小学教师。她曾经是康熙皇帝的启蒙老师，教他学习满文以及儒家思想。最后，苏麻喇姑还投身宗教事业。晚年的苏麻喇姑笃信佛

苏麻喇姑的荒冢

这座荒冢下面躺着一个曾经在历史舞台上风光一时的女人——苏麻喇姑。这个女人启蒙了康熙，发明了令中国女人风姿无限的旗袍，晚年为了赎罪喝过自己的洗澡水……当那些炫目的云烟散尽，现在唯有"荒冢一堆草没了"的苍凉。

教，每天都在参禅念佛，虔诚的程度难以想像。据说她一年只洗一次澡，并且要喝下洗澡水以赎自己的罪孽。

3、奉圣夫人之墓

　　和孝庄的昭西陵同位于清东陵风水墙外的还有四座坟墓，它们的主人都是女人，而且地位低微，生前仅仅是皇帝的乳母。可是她们在死后都得到了殊荣，不仅自己，连她们的丈夫也都葬在了皇家陵区内。她们其中的一位，还曾让康熙皇帝两次亲自前往祭拜，七次派大臣前去祭拜。

　　这四个女人确实与众不同。她们有三位曾经侍奉过顺治皇帝，另一位是抚育过顺治和康熙两代皇帝的乳母。她就是康熙曾亲自拜谒的那位，她死后被康熙敕封为奉圣夫人，可见康熙对她的感情。从她坟墓前已经残破的石碑上，我们不仅可以找到康熙七次派大臣前去祭拜的佐证，而且还发现这位慈爱的长者并不是满族人，而是朝鲜人。

　　每一位皇帝年幼时都有自己的乳母，为什么单只顺治和康熙的乳母能在清东陵享有一席之地？这主要是因为在清朝初年的时候，满族风俗仍然在宫中很盛行，皇子出生要由乳母抚养就是其中的一项。由于顺治、康熙都是幼年登基，当时的政治环境相当的恶劣，所以他们父子俩都格外的依恋自己的乳母。乳母去世陪葬在皇帝陵附近，不仅是给她们的殊荣，也是帝王们自己的一种心理慰籍吧。后来尽管这种风俗还延续，但是历代帝王和乳母的感情没有那么浓厚了，也就再没有陪葬在皇陵的奶妈坟了。

奉圣夫人墓

这下面躺着康熙的乳母，康熙曾七次派大臣到此祭拜。

孝陵之谜

1、拆陵之谜

顺治的画图

　　在孝陵的顺治给后人留下了几个谜：到底这里面有没有顺治？盗墓贼对清东陵几乎全都光顾了，为什么只对孝陵手下留情？那位让他断了尘缘决心皈依空门的爱妃究竟是不是江南名妓董小宛？

　　东陵是块风水宝地，原本早在明朝的时候就已经被两个明朝皇帝相中了，后来因为阴差阳错的原因让顺治皇帝捡了个便宜，而且从此一发不可收拾，在此后的200多年里，先后建起了5座皇帝陵，4座皇后陵和5座妃园寝。顺治作为清朝入关后的第一位皇帝，他的孝陵是清东陵中的第一座皇陵，自然是风水最好，规模也最大，占地面积大概有22万平方米，南北长达11华里。要是想打车从陵的这头儿到那头儿也得花十几块钱。这么宏大的一组建筑群，从康熙二年二月动工，到康熙三年十一月底就全部完成，总共才用了一年零九个月！相比其他皇帝陵动辄几十年的修建时间，这工程快得让人有点难以置信。于是民间就开始盛传，这孝陵是拆了明陵建成的，而且为了赶工期有些工匠竟然去偷坟掘墓！

　　仔细观察孝陵的建筑不难发现，这拆明陵一说确实不是空穴来风。比如隆恩殿前的石栏杆就是长短不一，柱头上的雕刻也不一致，台阶两侧的石栏板均是拼接而成的。堂堂大清国皇帝的陵墓，做工不可能如此粗糙。因此可以断定，这些石料一定是取自其他建筑。而大殿及东西配殿的三架梁、五架梁、檩条以及金柱，所用材料虽然是名贵的楠木，但仍然能够看出旧料以大改小的痕迹，这不由得让人联想起明长陵的楠木大殿，拆明陵一说似乎确凿无疑。不过清朝入关以后，一向奉行的是笼络汉人的政策。不仅以帝王之礼安葬了崇祯皇帝，甚至还把与他一起死的太监王承恩都葬在了明思陵的旁边，可见保护明陵是大清的一项国策。那么他们怎么会为营造自己的陵寝而冒着失去民心，引发社会动荡的风险，去干拆毁明陵的蠢事呢？直到1991年，整理孝陵大殿的时候这秘密才得以揭开。整理人员在大殿旧天花板的背面发现了一些文字，很明显这是当时工匠为了安装方便随手作的记号。上面主要提到了两个地点：清馥殿和锦芳亭。据考证，这两处都位于北京北海的西岸，均始建于明嘉靖年间，而到了清顺治帝之后却无故的消失了。由此可以推断，孝陵的主体建筑很有可能用的就是这组明代建筑的旧料修建而成的。

2、空穴之说

　　拆看来是真的拆了，不过拆的是北海，而不是明陵。在不明真相的时候这拆明陵建清陵的传说的确是有点玄乎。不过，还有比这更玄乎的！几百年来，民间，特别是东陵地区一直流传着孝陵是空的，顺治帝根本就没有葬入地宫的说法。为什么会有这种传说呢？这还要从清初三大疑案之一的"顺治出家"说起了。

　　花费巨资修建一座陵寝却空着不用，这种说法的确有点匪夷所思，可顺治出家的故事又不得不让人相信这孝陵地宫可能真的是空的！清朝的皇帝似乎都是多情的种子，比如清太宗皇太极就是因为宸妃病了，连仗都肯不打了，连夜赶回宫里见爱妃最后一面，而自己也因为爱妃之死抑郁而终。顺治皇帝就更是青出于蓝。传说他在宠妃董鄂氏死后，痛不欲生、万念俱灰，便看透了红尘，出家当和尚去了。这让当时的皇室觉得很丢人。在他死后为了不让民间相信他真去做了和尚，只能严守秘密，照样发丧。所以虽然举行了葬礼，但地宫中却是空的。这是民间一个流传久远，影响颇大的传说。

　　可是顺治帝福临就真的遁入佛门了吗？据考证，福临的确曾经在西苑万善殿主演过一出削发的闹剧。头发都已经剃了，可没成想，半路杀出个孝庄皇太后，威胁着要把他的佛门师兄烧死，顺治帝不得已才答应蓄发留俗，最终这和尚还是没当成。那么他到底是怎么死的呢？不管是清朝编纂的正史《世祖实录》，还是《玉林国师年谱》等文献一致证实，顺治帝死于当时的不治之症——天花。尸体在他死后的一百天火化，骨灰盛于坛内，称为宝宫，于康熙二年葬入孝陵地宫。与顺治一同入葬的还有孝康、孝献两位皇后的骨灰，所以地宫中并不是空的，而是三个宝宫，也就是我们常说的骨灰坛子。

3、未被盗之谜

汤若望

这位老外就是顺治的"玛法"，即"爷爷"。肩负传教使命的汤若望在听到顺治这么叫他他一定以为自己是天下最牛的传教士。因为如果把大清的天子征服了，那离征服他的百姓就不远了。想到地球上一下子将出现那么多的基督徒，他的上帝会怎么开心！？可结果顺治还是跑到佛陀那里去了，他的玛法想必一定失望极了。

说起这段历史不得不承认顺治帝福临的确是一位虔诚的佛教信徒。不过大家可能不知道的是福临还曾经对基督教产生过兴趣，这都源于一位德国传教士——汤若望。这个老外和皇帝的关系可是不同一般。福临管他叫玛法，玛法在满语中是爷爷的意思。这位爷爷在向皇帝传授了大量自然和社会知识的同时，也趁机讲了一些基督教的教义。不过出于种种政治上的原因，顺治帝并没有让基督教走入自己的精神世界，反而转信了佛教。不过神拜多了总没坏处。在清朝灭亡后，清东陵的所有陵寝几乎都被盗贼光顾过，连那些王爷、公主、保姆的墓都无一幸免。而令人百思不得其解的是，清东陵的主陵，顺治帝的孝陵却奇迹般的逃过了魔掌，至今没有被盗，难道真的有神灵在有护佑着他吗？

其实孝陵之所以成为清东陵唯一没有被盗的陵寝，功劳绝不在于什么神灵保佑，倒是应该感谢民间传说，就是我们前面提到的顺治并没有葬入地宫的传说。既然是空的，自然没有什么珍宝，这就使大部分盗贼对它失去了兴趣。另外，皇家随葬物品，一般为金银制品、珠宝玉器之类，都是用来填补棺缝儿的。而孝陵的地宫里根本就没有棺椁，充其量也只不过就是三个骨灰坛子，坛子是不需要填缝儿的，哪里来的珍宝？这就使少数有点历史知识的盗贼望而却步了。而且，孝陵的功德碑上的的确确是白纸黑字写着："皇考遗命：山陵不崇饰，不藏金玉宝器。"不管是不是此地无银三百两，这些真真假假的传闻的确起到了保护孝陵的作用。当然，也不是没有人尝试过。有些盗贼抱着试试看的侥幸心理，几次偷挖孝陵，幸好当时已经是新中国成立的前后，东陵各村的民兵都加强了戒备，盗匪没能得手，只留下一个不足两米深的大洞。设想一下，如果战乱年代再延长几年，孝陵恐怕也就难逃被盗掘的厄运了。

4、董小宛之谜

可是千万别以为这地宫中没有珍宝就说明顺治帝节俭。其实所有随葬品都跟着他一块儿烧掉了。据说丧礼期间所焚珠宝难以数计，而且像放炮一样，每烧一件，就会有一声爆响，当时的场面是"声如爆豆"。到了丧期将满的时候，干脆就拿大车拉着珍宝往火里扔，这样的场面真是空前绝后！不过有多少随葬品在顺治眼里根本就是无所谓的。因为他是个爱美人不爱江山的主儿，他唯一关心的就是孝献皇后董鄂氏。关于这位美人，有很多说法。民间流传说这董鄂氏就是江南名妓董小宛，在清军南下时被洪承畴所俘获，送入皇宫，就成了顺治帝的爱妃。一名汉女，还是名妓，真能成为皇帝的妃子吗？

要证实随顺治皇帝一同葬入地宫的孝献皇后，也就是董鄂氏，到底是不是董小宛，只要比较一下他们之间的年龄，就一目了然了。公元1638年，也就是清崇德三年，顺治皇帝福临出生，而此时，江南名妓董小宛已经15岁了。到了1651年，董小宛去世时，顺治帝只有14岁，还没有到达大婚的年龄。1656年，董鄂氏18岁，成为顺治皇帝的妃子，但这时候董小宛已经去世5年了。由此可见，董鄂妃和董小宛绝对不是一个人。那么她到底是谁呢？其实，顺治帝在他亲自撰写的《端敬皇后行状》中交代过董鄂妃的身世："后董氏，满洲人也。其父，内大臣鄂硕。"董鄂是孝献皇后的姓，只是个译音，与董小宛的董完全没有任何关系。不过据记载董鄂氏18岁才嫁给顺治，这里面似乎藏了什么秘密，因为在那个时代这个年纪的姑娘应该早就出阁了。历史上董鄂氏在嫁给顺治以前确实嫁过人，这个人而且居然是皇帝的同父异母兄弟博穆博果尔！清代曾有三品以上大员的妻子要入宫侍候皇后的制度。也许是在某一次宫中的家宴上，福临与董鄂氏相遇了，从此爱得一发不可收拾。其后发生的事情，顺治的外国爷爷汤若望在回忆录中这样写道："顺治皇帝对于一位满籍将军之夫人，起了一种火热的爱恋，当这位军人因此而申斥他的夫人时，竟被天子打了一个极怪异的耳掴。这位军人于是怨愤致死，或者竟是自杀而死。"在博果尔死后，顺治就把董鄂氏接进了宫中，也就有了后来爱美人不爱江山的这段千古佳话。

其实，在清东陵里有关顺治皇帝嫔妃的故事还有很多。比如他的第一位皇后，生活奢侈，挥霍无度，而且又是个大醋坛子，总想专宠，因为她是摄政王多尔衮推荐的，但最终被顺治帝给废了，降为静妃。不管是在孝陵还是孝东陵里面都没有她的陵寝。顺治的后妃都葬在东陵，其中孝陵葬两位皇后，孝东陵葬一位皇后、七位妃子、四位福晋、十七位格格。以上三十一人都有名有姓，唯独就没有那位废后。这位废后自降为静妃改居侧宫以后，在官方的一切记载中便销声匿迹。她是何时死的？怎么死的？为什么死后未葬在东陵？究竟葬在了什么地方？由于清初档案大部分遗失、毁坏，加之这些又是宫闱秘事，讳莫如深，所以这一连串疑问已成难解之谜。

据《朝鲜李朝实录》中记载，这位废后最后回了娘家蒙古，还产下了一名男婴，清廷怕蒙古借着这个男孩起兵作乱，因此多次索要，也没有结果。那么这个废后到底什么时候死的，死后又葬在哪里了呢？这恐怕是个永远都解不开的谜团了。

裕陵图

自认为功德圆满的乾隆现在就住在这里。以他一生对自己的自信，他的裕陵也处处显示"大、全、美"。中国人喜欢说："文如其人"，在乾隆这里，这句话换成："陵如其人"到比较合适。

谜一样的裕陵

1、乾隆显灵

裕陵是乾隆皇帝的陵园。乾隆在世时自诩为"十全老人"，明着说是表彰自己在军事方面的成绩，更深层的含义则是说自己是个完美无缺，大富大贵的人中之龙。不过从这名号就能知道他绝对是一个追求完美、好大喜功的人。而且他那个年代正是康乾盛世，他老人家很有钱，所以他的裕陵无论是在规制、工程质量还是工艺上都达到了顶峰。比如说在他陵寝前边的石像生，他爷爷和爸爸的全都是5对，到他这儿，改为8对！再比如，顺治孝陵的玉带河上只有三个平板桥，而康熙的景陵和雍正的泰陵根本就没有玉带河，到乾隆这儿，修拱桥！还得漂亮！这么一折腾，这裕陵在豪华方面，真可以称得上是清东陵的第一陵了！所以到了1928年孙殿英盗墓的时候，那没什么可商量的，裕陵绝对是首选目标了，不过在盗掘的过程中，出了一件非常邪门儿的事情，差点儿没把盗墓的匪兵给吓死。

孙殿英盗墓的活儿干得实在是有点粗糙。在找到了墓道口后就是炸药先行，进去后才发现原来这裕陵地宫里面有4道石门，在弄断了顶门石后，前三道石门 还算是顺利地打开了，可到了这第四道，同样的方法却无论如何也难以撼动分毫！没办法，依然是炸药侍候，破门而入后，发现居然是乾隆皇帝的巨大棺椁挡住了石门！这可让盗墓的匪兵大惊失色，在密闭的墓室中，这么一个庞然大物怎么会自己跑到门口来的呢？难道真的是菩萨显灵？要知道，帝后的棺椁可不是简单地放在地上，而是用巨大的卡棺石通过榫铆的方式固定在棺床之上的。这样棺椁既不能前后左右移动，也不能上下漂浮。那么到底是什么力量能让它移动了这么远的距离呢？显灵一说自然不足以信，目前唯一的解释就是——渗水。其实，裕陵从刚完工的那天起，就一直受到渗水问题的困扰。从目前墙上留下的水迹来看，水位最高曾经达到过2至3米。这么大量的积水，加之年代久远，很有可能就使棺椁与卡棺石之间的木头发生朽烂。这样卡棺石就失去了固定的作用，棺椁自然就漂了起来。而孙殿英盗墓的时候恰逢雨季，积水甚多，这样就可能产生很大的水流，漂浮的棺椁就会像船一样，被拉扯到了第四道石门的门口。

乾隆画图

以智慧著世的乾隆生前恐怕怎么也想不到他事后会连全尸都不保。人有多聪明，就有多愚蠢说的也许就是这个道理。如果，他不那么好大喜功，把那么多珠宝首饰带进陵墓；如果，他不为了逞强，把裕陵修得那么豪华，也许，盗贼还会给他留个全尸？但没有如果，尤其是对历史来说，如果往往更是于事无补。

2、失踪的皇后

但这种说法依然只能是一个猜测，无法证明。不过可以肯定的是乾隆皇帝真的很喜欢"漂流"。在1975年清东陵工作人员准备清理裕陵地宫的时候，到了第三座石门，又进不去了，最后还是动用了千斤顶才打开的。打开一看，居然又是乾隆皇帝的棺椁顶在了那里。这次漂的更远了。两次都是他在把守着大门，不得不让人怀疑是不是真的乾隆老佛爷显灵了！不过，即便是显灵了也没起多大作用；最终这裕陵还是被盗了个乱七八糟，而且尸骨扔了一地，东边一个头颅，西边一条腿骨，等溥仪派来的重殓大臣赶到后，已经完全分不清谁是谁了。想还原是不太可能了，乱放又是大不敬，没办法就只能把1帝、1后、3位皇贵妃的5具散落的尸骨都放在了乾隆皇帝的棺材里，而尸身保存完好的孝仪纯皇后，也就是嘉庆皇帝的亲生母亲，就葬回了她原本的棺椁里。

了解清史的人都知道乾隆皇帝有三位皇后，裕陵里只葬了两位，另外一位皇后是乌喇那拉氏。这位皇后既没有和皇帝合葬，也没单独陵墓，这主要是因为她犯了个天大的错误，而且这个错误和乾隆皇帝的风流韵事有关。

清代妃嫔死后至少都是一人一座地宫，而做过皇后的那拉氏连这种起码的待遇都享受不到，硬是被塞进了纯惠皇贵妃的地宫，而且位于东侧，属于从属地位，也没有神牌，更别提供奉了，好像这妃园寝中就没有这么一个人一样。她何以受到如此冷遇？其实那拉氏在乾隆15年被册立为皇后以后，也曾经风光过，为皇帝生了两个皇子，一个公主。母仪天下、红极一时。可是天有不测风云，人有旦夕祸福。就在她陪同乾隆皇帝举行第四次南巡盛典的时候，她从受宠的巅峰一下子跌落了下来。关于这段历史，民间有很多传闻。据说这位风流天子在南巡途中，除了观赏美景外，还格外留意各地的美女。家花自然没有野花香，大臣们和地方官员也是投其所好，让皇帝整日陶醉于温柔乡中，乐不可支。更有甚者，何珅还找来了一群尼姑专供皇帝玩乐，这可让出身名门的那拉皇后实在看不过去，于是便直言相谏，规劝皇帝放弃邪念，专心朝政。正玩到兴头上的乾隆皇帝哪里听得进去，就对皇后大加申斥。那拉氏情急之下，毅然披散开头发，摘下所有头饰，剪下了一缕青丝。现在女子剪掉一缕青丝算不了什么，但在以前皇后剪发就相当于咒皇上和皇太后死！这可是犯了天大的忌讳！乾隆马上就命人遣送皇后回京，并紧接着收回了那拉氏的所有册宝，就等于是注销了她入宫以来所有的册封。可怜那拉氏侍候皇帝30多年，一朝触怒龙颜，立刻祸从天降，真正的"伴君如伴虎"。

3、孝仪纯皇后尸身不腐

乾隆皇帝女人的传奇很多。裕陵重殓时嘉庆皇帝的亲生母亲———孝仪纯皇后，因为尸身保存完整被葬回了自己的棺椁中就是其中的一例。孝义纯皇后其实何止是保存完整，根本就是尸身不腐！发现她的时候，她身穿龙袍，皮肤完好无损，丝毫没有腐烂，牙齿都没有完全脱落，面目如生，犹如一尊古佛。因为清代并不刻意追求地宫和棺椁的密封，尸体也不做防腐处理，在裕陵地宫的6位墓主人中，孝仪纯皇后既不是最早入葬的，也不是最晚入葬的，同样的环境，为什么那5个人都成了一堆白

裕陵地宫石雕图案

当一切搬得动的全被搬走，这些石雕图案就成裕陵最珍贵的了。这些用梵、藏两种文字组成的经文直到今天也没有人知道它的确切含义。

骨，唯独她的尸身不腐，这恐怕是个永远也解不开的谜！找不到理由，于是民间又把这一奇迹归功于地宫墙壁上刻的那些经文，说是佛祖保佑！这当然又是一个传言罢了，不过裕陵之所以被称为最豪华的地宫，正是因为无论是它的墙壁，还是券顶，乃至石门上都布满了石雕图案，无一处空白，可以说是一座地下佛堂！每一个参观裕陵地宫的人，都会被身边精美的雕刻所震撼！这些图案和文字实际上是梵、藏两种文字的阴刻经咒，而且主要反映的是藏传佛教的内容。据档案记载，所刻梵文共计647字，而藏文注音的经文，共有29464字。这些文字不要说一般人看不懂，就连已故的我国佛教协会会长赵朴初大师，竟然也没能给出明确的说法，只是模糊的说道："乾隆棺上的可能是《华严经》和《普贤

裕陵金券

不知道的人到了裕陵的地宫，看见乾隆的棺椁是歪的，一定会以为是工程失误。殊不知，就是这倾斜的角度让乾隆的棺椁指向东陵脉气最旺的金星山。即使到了地下也要占尽优势，乾隆真是无愧"十全老人"这个荣誉！

行愿品》…地宫里的咒经可能是《大藏全咒》…"而作为佛教学识最高的权威十世班禅和他的经师，参观完裕陵地宫后，也只留下了一句话："好像是用藏文拼写的另一种语言"。两位大师含糊的答案为这些文字更加增添了一份神秘的色彩，时至今日，也没人能提出新的看法和观念，因而这些经文仍然是裕陵地宫中无法破解的一大悬疑！

4、歪斜的金券

除了这些精美绝伦的经文，裕陵还有一神奇之处，就是几乎看不见石块之间的接缝，可见这工程质量绝对是一流的。

说到一流的工程质量也许有人会认为裕陵的金券可能要扣点分。所谓金券，就是安放帝后棺椁的地方，裕陵金券居然和前面的墓道不在一条线上，而是歪的！这在其他任何一个陵寝中都是从没出现过的情况。这难道是一个重大的工程失误吗？还是里面又包含着什么玄机呢？

清代的皇帝陵一般都采取四门九券的结构，第四道石门之后便是我们所说的金券。按理说它应该和前几道墓券是在一条直线上的。可如果从第一道石门看过去就会发现，乾隆的棺椁的确是歪的！经过实地的勘测以后发现金券与前八券居然形成了一个10度的夹角！这未免有点太离谱了！在封建社会，皇陵的修建可是一等一的大事，被称为"钦工"，决不允许出现任何差错。如果是在几千米的建筑线上，有几度的误差，

青龙白石

裕陵里这十根青龙白石柱并非原创，现在看起来却成了陵区一道独特景观。

还情有可原。而在仅长54米的裕陵地宫中出现肉眼就能分辨的10度偏差，这显然是不可能的。况且，清代帝后陵寝在修建过程中，都是先在一个1比1的样坑中把各个部分雕刻好，然后编上号，再像搭积木一样砌到地宫里去的。所以可以断定，这绝不是工程失误，而是设计者的特意安排。这就又要和风水挂上关系了。地宫的前八券所指的方向是整个清东陵的朝山金星山，是地面上最好的方向。而金券则顺时针偏转了10度，这个方向在风水上讲是"脉气最盛"。为了能把地上、地下的最佳方向全都占上，不惜把地宫修成这样歪歪扭扭的样子，这乾隆皇帝真是不愧于"十全老人"的称号。

虽然金券斜歪不是什么工程失误，但裕陵的确是有一点点的问题。细心的参观者会发现在裕陵地宫的石门门口多了几根大石头柱子，而且数量一共是十二根。从两根柱子之间的距离上看它们显然不是建造时期修建的。因为如果是事先修好的，那么皇帝的巨大棺椁压根就进不去。这就是裕陵工程质量问题了。嘉庆四年乾隆皇帝的棺椁入葬之前就发现第一道石门上方的月牙石有两道裂缝，没办法，只能让皇帝的棺椁先行入葬，然后在石门顶上这么两根青龙白石的石柱子。在裕陵地宫开放之后发现前三道门又都出现了同样的问题。在1989年，清东陵的古建队在无奈之下就照猫画虎的又给支上了十根。但正是因为这个工程质量上的问题，成就了裕陵并非原创但是绝无仅有的一道奇观。

最豪华的陵墓

在清朝的政治风云、悬案轶事中，无论是民间的传闻，还是野史的笔墨，都会给一个女人留下大量的篇幅，她就是慈禧太后。这位在清朝末年风雨飘摇的岁月里统治了中国长达48年之久的女人，死后就葬在清东陵。历史上的慈禧究竟是一个什么样的人？她真的毒死了慈安，害死了光绪吗？她为自己选了一块怎样的风水宝地？又是如何安排身后之事的呢？

1、东、西太后西、东葬

话说在公元1908年深秋的一天，北京城正是天高云淡，枫叶正红的时候，紫禁城里可是哀号一片。大清朝皇太后慈禧老佛爷抛下了千疮百孔、内忧外患的江山社稷，撒手西去了。她是病死的。得的还不是什么大病，就是拉肚子。慈禧从年轻时就肠胃不好，没承想到了老年就被这么个小毛病要了老命。慈禧的丧事办得不仅盛大，而且还有很多的新鲜事。最新鲜的是她的灵堂的照明使用的不是蜡烛，而是电灯！这可是清朝历代帝后从未享受过的待遇。慈禧一定是中国在灵堂使用电灯的第一人。这盏灯伴随了慈禧的棺椁有小一年的时间。第二年的九月，慈禧入

慈禧

这个女人靠着男人爬上最高位，靠着权谋把大清攥在手中长大48年。她权欲熏心，每天看见朝堂上文武百官匍匐在脚下就感到极大的满足；她心狠手辣，自己的儿子同治在她的淫威下几乎成了废人一个，对她的侄子，光绪更是不手软。这样一个女人虽然百年不遇，但遇到她真是中华的大不幸。

葬清东陵。到过慈禧陵的人都会有一个疑问：人称西太后的慈禧，却葬在了东边。而东宫太后慈安却葬在了西边，这到底是为什么呢?

要解开这个谜，我们就得先弄清东、西太后名称的由来。东、西太后的叫法，是根据她们在宫中居住的方位而定的。慈安住在紫禁城东六宫的钟粹宫，所以人称东太后。慈禧住在西六宫的长春宫，自然就叫西太后。

说到慈禧葬在东边，慈安葬在西边，有一种说法认为是慈禧逞强的结果。因为慈安是正宫皇后，慈禧只是沾了儿子的光，儿子当了皇帝，她才被尊为皇太后，所以慈安的地位比慈禧要尊贵。中国的传统习惯认为东边为上。那么地位低的慈禧占据了东边的上位建自己的陵寝，人们自然就会认为这又是慈禧专横强权的一个表现了。那么真实的历史是这样的吗?

查阅清宫档案和官方史书后发现人们冤枉慈禧了！按照清朝的丧葬制度，如果皇后是死在皇帝之后，那么她将单独在皇帝陵的东侧选择吉地修建陵寝。既然慈安和慈禧的陵都要建在咸丰皇帝的定陵的东边，那么地位更尊贵的慈安，她的陵自然要离咸丰皇帝更近一些才对。于是东太后才葬到了西边，而西太后却葬在了东边。

2、慈安之死

其实人们冤枉慈禧也是情理之中的事情。因为在民间广为流传的清宫八大疑案中，就有一个案子讲到在光绪七年，也就是1881年三月初十这一天，清宫中发生了一件震动朝野的事件：比慈禧太后还小两岁的慈安突然死了。死的时候只有45岁。一向健康没有什么疾病的慈安，没有任何征兆，一直都好好的，却在24小时之内，突然间就离奇的死了?！慈安的死疑点重重：事发之前慈禧曾称病深居后宫不出；慈安病危时没有一个亲近重臣被召唤进宫；大臣得到消息已经是慈安死去半天以后的事情了。据说慈安的死因是感冒。可是事前军机大臣们谁也没见到太医的处方。众多的疑点只对一个人不利，这个人就是慈禧太后。那么慈禧真的杀死了慈安吗? 她为什么要对慈安下此毒手? 她又是用什么办法让慈安神秘的死去的呢?

慈禧陵墓前的丹陛石

为了显示自己身前实现了主宰男人的梦想，在这些丹陛石上凤高高展翅在上为主体，而龙在凤之下的附属位置。在这一点上，这个女人可以算得上中国女权运动的先驱，一个中国传统文化的破坏者。

　　要回答这些疑问，还要先来看为什么人们会把怀疑的目光集中在慈禧的身上？重要的理由有这么几个：第一，慈安的地位一直在慈禧之上，而且有传言说她手上握有对慈禧极为不利的一份咸丰皇帝的遗诏。一旦慈禧专权，慈安是有权出示诏书，诛杀慈禧。第二个理由是：慈安暗中授意山东巡抚丁宝桢，以太监私自出宫之罪，擒杀慈禧最宠爱的太监安德海。此仇哪有不报之理？第三个理由是：同治和光绪这两个皇帝都跟慈安特别地亲近，特别听慈安的话。就连慈禧亲生儿子同治皇帝在选择皇后时都是选了慈安喜欢的人，根本不顾慈禧的意愿。最为悬乎的理由是：慈禧淫乱后宫，慈安曾撞破慈禧的奸情，并多次斥责她和李莲英的不检点行为。这些理由的确让大家深信：慈禧就是杀害慈安的元凶。那么她是如何对慈安下的毒手呢？

　　民间流传最广的说法是：慈禧是下毒害死慈安的。下毒的方法有两个版本。一个说法是慈安酷爱吃小点心，慈禧就乘机命人做了一盒特别精致的点心，在点心里下毒之后，引诱慈安吃下。吃了点心之后的慈安就一命呜呼了。

　　另一种说法是从宫中一个老太监那里传出来的。说是慈禧威逼利诱宫女，向慈安献了一碗毒汤。慈安死后，下毒的宫女也下落不明了。

稍有清史常识的人都能看出来，这两个传闻是不成立的。因为清朝帝后每次用膳都是由御前侍卫传膳，在相应官员指挥下，差役和太监将多张膳桌鱼贯抬入。所以一两名宫女单独给慈安送膳食是根本不可能的。而且膳桌摆好后，帝后是不会马上进膳的，而是先看每道菜饭的碗盘里的银牌是否变色，再让太监先尝过之后自己才吃。所以慈禧即使要害慈安，也不会用这样拙劣的手段。那么慈安之死最大的可能，就只有在药里做文章了。

慈安病重以后太医所开的药方王公大臣们是在慈安死后才从慈禧手中见到，因此慈禧很有可能是通过停药或者是故意用错药来害慈安。但是据清宫档案记载，此时的慈禧正在重病之中，她应该无力在此时下手，更不会傻到在慈安一切都正常的时候，给她吃错了药而让世人去怀疑。其实慈安和慈禧共同垂帘听政20多年，她俩的根本利益是一致的，她们的矛盾并没有到你死我活的程度，慈禧根本没有必要害死慈安。那慈安暴亡的真正原因是什么呢？专家研究了有关历史资料发现慈安曾有过两次突然昏死过去的记录。那么这一次慈安很有可能是因为替重病的慈禧料理朝廷事物，疲劳过度，引发脑溢血再次昏死过去，而且再也没有醒过来。尽管慈禧没有害死慈安，但是慈安过早的在政治舞台上谢幕，却给了慈禧更多的自由和更大的施展空间。

3、奢侈太后为梦想重修陵墓

慈安死后，没有人能再牵制束缚慈禧了。这时候她的陵寝已经修建完了。可是慈禧觉得规模档次跟慈安的没什么区别，豪华的程度并没有超越前朝的帝后们，于是她就下令重修自己的陵寝。借口是建筑渗漏糟朽的情况严重。但是据史料记载，慈禧陵确实遭受风雨，但情况绝没有严重到一定要重新修建。重修慈禧陵真正的原因是：慈禧要实现在她年轻的时候就已经在脑海中构筑的梦想。

电影《火烧圆明园》里有过关于此的描述。慈禧年轻的时候就梦

SI HAI MAN YOU
BEI JING PIAN

想着有朝一日她能主宰这个世界。这个由她主宰的世界的一个明显标志就是：凤在上龙在下，而不是有史以来的龙在上凤在下，用现在人的观点来看，慈禧似乎还是一个女权运动的倡导者。历史最终向我们证明慈禧的梦想实现了。在她重修陵寝的时候，传统的龙在上凤在下的丹陛石图案，被改成了凤在上龙在下，汉白玉栏版上也第一次出现了龙追凤的图景。

慈禧地宫

慈禧是历史上著名的"奢侈"太后，生前酷爱珍珠、玛瑙、宝石、玉器、金银器皿等宝物，死后又把一生巧取豪夺的价值高达亿两白银珍宝几乎全部随尸入棺内。但是，正是这一棺生不带来、死不带去的奇珍异宝，令她死后陵墓被盗，被毁棺抛尸、灵魂不得安宁。这也许算是对她一生荣华富贵，祸国殃民的一个报答？

但慈禧并不满足于简单的图案上的超越，她还要修建一座大清朝有史以来最豪华的陵寝。以往的帝王陵寝使用金丝楠木做大殿的柱子就已经很奢侈了，慈禧用的木料更珍贵，从建筑的木制构件到大殿的柱子，一水全是通常只有做高档家具才舍得使用的黄花梨木。柱子上还缠绕着镀金的盘龙。墙面的装饰是精致的五福捧寿、万字不到头的砖雕图案，上面全部刷扫红黄金。梁柱以及天花板全是沥粉贴金的彩画，一小块天花板就要用一两多的黄金。这只是地面建筑体现出的豪华。她的那些陪葬品就不用说了，据说每一件都是价值连城。

4、孙殿英盗墓

慈禧只顾着实现自己的梦想，把自己的陵寝修得超级豪华，压根就没有想到这多招贼人惦记！1928年清东陵发生了一起震惊中外的盗宝案，罪魁祸首就是军阀孙殿英。他盗掘清东陵首先就是拿慈禧陵开刀的，同时遭殃的还有乾隆皇帝的裕陵。孙殿英为什么会选中这两座陵墓动手呢？那是因为乾隆好大喜功是出了名的，慈禧又是一个穷奢极欲的人，所以判定这两个人的墓葬一定最丰富。

据当时进入慈禧地宫的一个孙殿英手下的连长回忆，当士兵们打开棺椁，眼前顿时泛出一片光芒，甚至盖过了手电筒的亮度。慈禧面目栩栩如生地躺在那里，只是手指头发了霉，长了白毛。在民间一直流传着慈禧之所以尸身不腐，是因为她的嘴里含着一颗鸡蛋大小的夜明珠。这颗珠子不仅能发出灿烂的光芒，还能防止尸体腐烂。

在民间流传着一本李莲英的侄子写的笔记。这本叫作戴月轩的笔记里面记述的是慈禧陪葬品的情况，其中就提到这颗夜明珠。在慈禧死后这颗夜明珠就被塞进慈禧的嘴里，后来清朝皇室重新装殓慈禧时清晰地看到她的下唇被拉伤。提到夜明珠的样子，孙殿英曾回忆说这颗夜明珠是由两个半珠合在一起形成的一颗完整的珠子，它的光亮即使人在百步之外还能看清头发丝。按孙殿英的说法夜明珠都能赶上100瓦的大灯泡了。这应该是夸张的形容。科学地说夜明珠就是一种发光的萤石，在黑暗中能发出月亮般的光芒。虽然是萤石，但像慈禧嘴里那么大的，应当算是稀世之宝了。民间传说这颗夜明珠被后来孙殿英送给了宋美龄，后来蒋夫人把它镶在自己的拖鞋上了。

慈禧墓里除了夜明珠，慈禧身上戴的有大珍珠、小珍珠、东珠、正珠、夜明珠；铺的盖的有荷花被、佛经被、金丝镶珠宝锦被；玩的有碧玺莲花白玉藕、翡翠的西瓜和白菜；黄玉猫、珊瑚鱼、绿玉的蝙蝠镶钻石。这些个宝贝无论哪一件都是国宝！可是它们全被偷了，而且大部分还下落不明。有专家计算过慈禧的陪葬品价值超过5000万两白银。据说孙殿英所盗得的财宝，除去他为免除自己的罪责四处送礼以及购买军火用掉的以外，按当时的市值估算仍然能达到3亿美元。这个数目相当于汇丰银行当时所有资产的总额。所以说慈禧陵从地面上的建筑到地下的陪葬，都堪称是清东陵里最豪华的陵寝。

城南旧事

1、"逛胡同"与"逛妓院"

北京的老街坊一提起胡同，就感到亲切。有句俗话叫有名的胡同三千六，没名的胡同如牛毛。可是北京的老街坊们聚在一块从来不说逛胡同或者是串胡同，不光自己不说，谁要是跟他提咱逛逛胡同去，他一准会急："你骂谁呢？"

在北京话词典上所谓逛胡同的人和过去那些整天不正经，逛妓院的人差不多。逛胡同和逛妓院有什么关系？在老北京妓院最多的八大胡同是真正地有名，有名到连乾隆、同治和光绪三位皇帝都好奇，要去逛逛。随着逛八大胡同妓院的人的增多，就有人嫌逛妓院这个词太不正经，于是就找了三个正经的字来代替，这么着"逛胡同"就成了"逛妓院"的代名词了。结果就是弄得"逛胡同"这件事听着就没正经，反倒把这三个字连累得不正经了。

大栅栏以南的老照片

所谓的八大胡同就是指这一片广大的地区。这里的胡同不止八条，但有名的八条就在其中，于是"八大胡同"就成了这一地区的代名词。

2、八大胡同历史

说到八大胡同，很多人肯定认为那是八条胡同。其实，这只对了一半。真正的八大胡同指的是前门外大栅栏以南的一大片地方，不只有八条胡同。为什么叫八大胡同呢？老北京有句话：有名的胡同就八条，没名的胡同如牛毛。这八条胡同在这一片胡同里最有名，八大胡同就成了大家的代名词了。

过去，有人专门为八大胡同做了一首打油诗："八大胡同自古名，陕西百顺石头城。韩家潭畔弦歌杂，王广斜街灯火明。万佛寺前车辐辏，二条营外路纵横。貂裘豪客知多少，簇簇胭脂坡上行。"从这首诗就能找出八条胡同的名字来。不过，后来公认的八大胡同和这首诗里提到的还是有些出入的。除了诗里提到的陕西巷、百顺胡同、石头胡同、韩家胡同、王广福斜街和胭脂胡同之外，又加入了朱家胡同和李纱帽胡同。李纱帽胡同也就是今天的大力胡同和小力胡同。

按理说八大胡同这个名字这么有名，它的历史应该也很长。其实不然，就在乾隆嘉庆年间还没这个名字。当然，那时这里也没有妓院。后来为什么会有了八大胡同了呢？据说这和当年清朝皇帝的一条政策有关。

这条政策规定官员一律不准嫖娼。一开始，大小官员们还都算老实。因为一方面罚的很重，轻则降职，重则丢官；另一方面，没钱。雍正年间当官的每月挣的那点钱刚够养家糊口，有的官连官服都打着补丁，哪还有闲钱逛妓院？可是到了乾隆年间，世道好了，当官的有钱了。有钱就得有处花。于是，大清朝的官员们就给自己建了一个销金窟，地点就选在了八大胡同一带。

当时这些胡同里住的都是些戏班子。最早在乾隆年间，四大徽班进北京，落脚的地方就是八大胡同的百顺胡同和韩家胡同，离皇城近，方

陕西巷的老照片

"一品胡同一品来"，当时称得上一品的胡同就是这——陕西巷。虽是烟花之地，听起来不是那么顺耳，但它成就了赛金花，小凤仙等人的名声。在中国近代史上这些人虽算不上重要，但她们参与其中，还留下了一行行足迹。

便。后来，这里就慢慢成了北京戏班子的基地了。

清朝的官员们把销金窟建这里并不光是为了听戏，而是为了另一样见不得人的勾当。大清朝廷不是有不准嫖娼的政策吗？而且犯一个罚一个，轻则降职，重则丢官。于是，你有政策，我有对策。你不许嫖娼，那我就搞同性恋。当时的戏班子里女人是不能登台唱戏的，戏里的旦角都是由一些眉清目秀的男孩子来演。很快这些旦角就成了官员们的猎物。不久就把这几条胡同弄了个乌烟瘴气，还弄出了一个新行业：相公。

到了清朝末年，八国联军攻进了北京城，这就是著名的庚子国变。此时的大清朝廷忙着给洋鬼子赔银子都忙不过来，哪还有功夫去管官员嫖不嫖娼这种小事呢？这样一来禁令等于就放开了。娼妓迅速取代了相公业，占领了八大胡同这块地界。八大胡同的名也就这么来了。

此外，庚子国变那年的一场火灾对让八大胡同沦为娼妓盛行之地起到不小的推波助澜的作用。那一年，义和团攻打下东交民巷后就在八大胡同设下了神坛，摆弄法术。没想到法术不灵不说，反倒引起来一场大火，把这里的几条胡同烧了个够戗。胡同一烧，居民就惨了。可也有人躲背地里偷着乐，这就是开妓院的。当时他们正发愁怎么进驻八大胡同，义和团的这把火就把这个机会给烧出来了。等这把火烧完之后，他们就在这些胡同里立马盖起了几十座青砖小洋楼作为刚开的妓院。"青楼"也许就是打那时候开始叫起来的吧。

3、一品胡同一品来

清朝末年，八大胡同最高级别的妓院都在这些青砖小洋楼里。品级不同，名字自然也不同。那时候，最高级别的叫清吟小班。从这名字就听的出来，这里一般只卖艺，很少卖身，业务也就是陪客人喝喝茶，下下棋，谈谈曲，有点像今天日本的艺伎。别看这清吟小班业务简单，但它的门槛可是高得出奇，没有个万儿八千的带在身上干脆看也别看。而且，不光是要钱，如果您没点势力，不是个一品二品的大员，就是把金子堆成山，您也进不了这个门槛。"一品胡同一品来"

说的就是这个理。

八大胡同中，真正能称得上一品胡同的只有一条，就是陕西巷。八大胡同里出的几位名人，赛金花，小凤仙，在过去都是陕西巷清吟小班里的名角。

八大胡同里的二品胡同有三条：百顺胡同，韩家胡同和胭脂胡同。在这些胡同里小洋楼的名字和别地也不同，都叫个什么院，什么馆，什么阁的，听起来有点身份。等到了三品，那叫法就多了，可以叫楼，叫店，也可以叫下处。再外下排，没品的自然也就没名没姓了。

一品的胡同一品来。乾隆、同治和光绪皇帝也都有逛胡同的习惯，那么，这些皇帝们要逛几品的胡同呢？一品二品的胡同肯定不能去，清朝对皇帝的一言一行要求非常严格。皇帝逛胡同得偷着去，微服私访。一品二品的胡同里，尽是朝廷上每天站着的官员，和皇帝朝碰头晚见面的，万一在八大胡同碰上了，那就不是尴尬两个字能形容得了。所以，皇帝在逛胡同这件事上比谁都可怜，除了得偷偷摸摸的，逛还只能逛那些没品的胡同。

4、同治之死

皇帝偷偷摸摸地逛没品的胡同听起来已经够可怜了，不想还有一位皇帝更可怜。别的皇帝逛胡同是好奇，好玩，图个乐子，起码是自愿的。这位皇帝逛胡同却是被人逼的，而且一个不小心，还把命丢在这上面了。

这位皇帝就是同治皇帝。同治皇帝本身就是个可怜命。如果要评选中国历史上最可怜的皇帝，这位同治爷一准能进前三。后人评说这同治皇帝有五大可怜之处：一是幼年丧父，六岁时死了爹。二是当家太早，担子太重。把当时风雨飘摇的大清朝这幅重担压在一个年方六岁的皇帝肩上，这是一件多么残忍的事情！第三可怜是同治没赶上一个好娘。他的母亲慈禧太后为人刻薄霸道，谁有这么个娘，这儿子都不好当。第四个可怜之处是想爱的不能爱，不想爱的硬推来。同治十七岁要娶皇后了，当时垂帘听政的两宫皇太后各推荐了一个。据说东宫慈安太后推荐的人选是阿鲁特氏。这位阿鲁特氏有着魔鬼的身材，天使的面容。同治说我喜欢，于是册封她当了皇后。这么一来慈禧太后推荐的只能当个妃子，以慈禧太后的性格，哪吃得了这种亏啊？于是，大婚之后这位恶婆婆经常给小媳妇小鞋穿，还不许小两口见面，硬要把自己推荐的那位妃子往同治身边送。想爱的不能爱，不想爱的硬推来。可想而知，这时同治皇帝是多么的郁闷！于是逆反心理一上来，带着几个太监，微服出了宫门，上八大胡同找自己的乐子去了。

同治画像

　　在中国的皇帝中，同治可以算得上是最不费吹灰之力就登基的皇帝之一。但他的不幸也正在这里——轻易得到的江山其实属于他的母亲，而不属于他。他没有做过一天真正的皇帝，就连逛窑子只能去没品的。他实质上就是他的母亲手里的一个棋子，所以他十九岁就离世了，对他，这也许算是一种解脱。因为从此，可以成为真正的自己了。

　　逛那些下九流的地方，安全没保证。后来同治皇帝就是在这里染上了梅毒。据野史记载，宫里的太医虽然知道同治得的是梅毒，但就是不敢按梅毒治，只能按天花治。生生的把这病给耽误了。结果同治皇帝十九岁就死了，是清朝皇帝里最短命的一个。少年夭折，这就是同治皇帝的第五大可怜之处了。

按照野史的这个记载，同治皇帝还应该有一大可怜之处：身后无儿无女。造成这个后果的还是他那位刻薄霸道的娘——慈禧太后。同治皇帝死后，慈禧太后没从自身找原因，把怒火全发到儿媳妇身上。同治皇帝死后仅仅75天，皇后阿鲁特氏就莫名其妙地死了。而且据野史说当时皇后已经有了同治的遗腹子！慈禧太后恐怕有了这个孩子，自己就不能垂帘听政了，才把皇后给逼死了。一直到现在，同治有没有儿女，还是一个谜。

5、侠妓小凤仙

过去八大胡同里的妓女，不管你是极品的清吟小班，还是不入流的暗娼，都是生活在社会最底层的人，一点尊严和地位也没有。可是，就是这么一群没有地位的人却被一位皇帝给重视上了。这位皇帝就是那位屁股还没把皇帝宝座捂热乎就归天了的袁世凯。袁世凯重视妓女，可不是想提倡女权，提高妇女的地位，而是别有用心。

清朝末年，袁世凯一边借着革命党逼清朝皇帝退位，一边又从孙中山手里夺过了总统的大权。他这么做就只为自己能一圆皇帝梦，可这梦圆起来很不容易。当时的平民百姓，知识分子，军人纷纷起来反对。在这种情形下，袁世凯认为他得找支持他的人。于是他策划了好几个请愿团来请他袁世凯出山当皇帝。当时他能动用的资源的确不多。于是他老人家灵机一动，八大胡同不是有那么多妓女吗？让她们来搞个娼妓请愿团吧。于是，送来的请愿书上，文人们组织的六君子请愿团和八大胡同组织的娼妓请愿团的大名都搁到了一块。君子和娼妓，中国历史上最对立的两个词出现在了一张纸上，这恐怕还是第一次。

后来证明袁世凯利用妓女的功夫可以说得上是登峰造极了。当时云南提督蔡锷反对袁世凯当皇帝，袁世凯就在八大胡同找了个名妓小凤仙，先是用她百般拉拢蔡锷，实在不行就把她放在他身边做奸细。让袁世凯想不到的是妓女中也会出现侠妓。小凤仙不但没有帮袁世凯当奸细，反而还帮着蔡锷逃出北京，组织了二次革命，弄得袁世凯没当几天皇帝，就生生的给气死了。但是袁世凯皇帝虽然做的没品，却衬托出了一条有品的胡同。

过去的八大胡同虽然是清朝和民国老北京最繁华的地段，可这繁华下面埋藏了多少妇女的血泪！百余年来，这些胡同是北京城最神秘的隐私，也是北京城最沉重的阵痛。不过就在1949年11月21号下午，北京市市政府，出动了2400名干警，将八大胡同里的224间妓院全部封闭。自此，老北京的隐私、阵痛都没了，八大胡同也只成了历史书里的一段故事而已。

小凤仙

陕西巷小凤仙的出现让这条一品胡同的存在有了另一种意义，"侠妓"尽管还有"妓"的一面，但当"妓"的前面加了一个"侠"，这"妓"就不再单纯是"妓"了。

泰陵疑案

1、清西陵营建之谜

雍正皇帝到底为什么要营建清西陵呢？有人猜测因为皇帝陵墓的

泰陵七孔石拱桥和石像生

这座七孔石拱桥是清西陵最大的一座桥梁，五对石像生分别是狮子、大象、骏马和文臣武将。这些石像生各有寓意：文臣武将，均为皇帝的爱卿，把他们的石像置于皇帝的陵寝之中，表示君臣永不分离，心心相印。骏马，是历代皇帝征战、行猎及生活中不可缺少的坐骑。清朝历代皇帝对马都十分钟爱，所以，把马的雕像置于陵前，象征帝王虽死，雄心尚存，开疆扬威，备以骏马。大象温顺驯服，寓意皇帝广有顺民。石象背上还雕有宝瓶，谓之"太平有象"或"天下太平"，狮子凶猛，吼声震天，象征着皇家势力强大，威震天下。

选址最讲究的风水，而清东陵上风上水的地方都已经被顺治和康熙给占了，所以雍正不得以才另立门庭。不过事实证明这清东陵后来又建了乾隆的裕陵，咸丰的定陵，慈禧的定东陵等九座陵寝。这几位哪个是好糊弄的主儿？所以说没有风水宝地一说是不成立的。那么到底是什么原因呢？民间长久以来一直有一种说法，认为雍正是下毒害死了康熙，篡改了传位诏书才谋得的皇位。因此就心中有鬼，担心自己的陵寝如果和康熙帝的景陵建在一起会遭报应，使他永世不得安生，所以就另辟陵区。雍正弑父篡位的这种说法在民间很流行，传说康熙在病重之时雍正曾经给他上了一碗人参汤，喝完之后康熙皇帝就暴毙而亡，中毒死了。此说流传甚广，但经不起推敲。且不说给皇帝下毒有多难，关键是康熙压根儿就不吃人参。他曾经在多种场合下说过南方人最好服药，服参，北方人体质与人参不相投合。言下之意他是北方人，不适合吃参。雍正自然是知道这一点的，因此不会在人参汤里下毒，否则他可真得去测测智商了。所以下毒一说纯属是无稽之谈。另一个更最流行的说法认为康熙在畅春园病重时写下了："传位十四皇子的遗诏"，雍正皇帝胤禛看见遗诏后在"十"字上多加了两笔，"十"变为"于"字，这样遗诏就成了传位于四皇子从而夺取了大位。这个说法相当人性化，连怎么改都替胤禛想好了。可实际上清朝的皇子称谓制度与别的朝代不同：皇字是放在前面的，例如皇四子，皇八子。这样一来，诏书上也就不应该是"传位于十四子"，而是"传位于皇十四子"。那么，按照上面的改法，雍正要改就只能改为："传位皇于四子"。拿着这么一个狗屁不通的诏书胤禛怎么可能登基？而且那会儿也没有简体的"于"，繁体的"於"字和"十"看起来相差甚远。同时清朝的诏书都是满汉文并列对照的，要想把满文里的十改成於字不是添上两笔那么简单。更何况康熙的遗诏中其实是这么写的："雍亲王皇四子胤禛人品贵重，深肖朕躬，必能克承大统，著继朕登基即皇帝位。"在这诏书中根本就没有传位某皇子的字样，怎么改？在那个没有涂改液和电脑排版的年代要让胤禛完成这么一件不可能完成的任务，同时还要预知数百年后流行的简体字形，虽贵为真龙天子，估计雍正听到人们这么冤枉他，为了他的清白也会气得从这泰陵里跳出来。

可见雍正弑父篡位而怕遭报应才营建清西陵的说法讲不通。其实另辟陵址完全是由于他的性格所决定的。雍正是一个标准的完美主义者，对自己陵墓的选址要求过严，过高。东陵虽然还有上佳吉地，但在他眼里都不够十全十美。于是就派人花了8年的时间把北京周围转了一个遍，终于确定下了河北易县的太平峪修建了雍正皇帝的泰陵。从此就出现了一东一西，遵化和易县两大陵园。

2、雍正暴亡

雍正皇帝的泰陵之所以最具神秘色彩，最受世人关注并不是因为它是清西陵的首陵，也不是因为它的规模最为宏大，而是因为它的地宫里面埋藏着雍正皇帝的暴亡之谜。

泰陵宝顶

泰陵宝顶面积为3600多平方米，在西陵诸宝顶中面积最大。宝顶下面便是工程浩大的地下宫殿，雍正金头之谜就藏在里面。这个谜一天不解开，雍正的死因谜团也将一直存在。地宫内除埋葬着雍正之外，还附葬着孝敬宪皇后和敦肃皇贵妃。

200多年来野史和民间一直盛传雍正帝被一位名叫吕四娘的女侠刺死还被取走了脑袋，所以有地宫里的雍正尸体无头的说法。雍正朝曾经大兴文字狱，其中最为震动朝野的就说吕留良一案。吕家大小被满门抄斩，只有一个14岁的小女孩因外出幸免于难，这个女孩就是吕留良的孙女吕四娘。吕四娘只身逃出以后拜世外高人为师，潜心习武多年而后潜入圆明园杀死了雍正皇帝。清廷虽然极为惊恐但又不好对外声张，为求全尸悄悄铸了一个金头安在尸体上一起葬入了泰陵。

在正史里雍正却不是这么死的。雍正之死的官方说法得从雍正帝的个人信仰说起。雍正和大多数中国人一样，没有明确的信仰。他一生得什么信什么，佛教，道教，儒家一个不落，典型的三教合一。到了晚年，身体又不太好，就更为迫切地追求长生不老之术，迷信道士炼丹，不但自己服用还经常赐药给手下大臣。他曾经给过他宠爱的大臣田文镜一种叫做既济丹的丹药，还告诉他放心服用，不用怀疑。

雍正服用丹药长达九年之久，中毒应该是慢慢显现。后来为什么会毒性爆发呢？这和他的另一个宠信有关。这个宠信是一个道士，叫娄近

SI HAI MAN YOU
BEI JING PIAN

垣。在雍正十二年的时候娄近垣功成身退受封回龙虎山建道观去了，他的后继者们一看这可是千载难逢的好机会，为了更加急功近利以邀封赏，就使劲地往雍正的丹药里下药。结果药下多了，导致雍正体内毒素急剧增加，最终要了他老人家的性命。

圣德神功碑楼

圣德神功碑楼是泰陵神道上的主要建筑，内中矗立记述大行皇帝一生功德业绩、歌功颂德的石碑。雍正是我国历史上勤政的皇帝之一，为颂扬他的功劳，于乾隆二年（1737年）六月在大红门北面建筑了一座圣德神功碑楼，高26.05米，黄琉璃瓦攒顶，碑楼内地面中心有巨石台基，雕有寿山福海和鱼鳖虾蟹，石基上卧巨型石雕（赑屃）一对，各驮石碑一通。碑帽皆缠浮雕龙四条。碑额有"大清泰陵圣德神功碑"字样，碑身镌刻着满、汉两种文字，颂扬雍正的功德。

在以上这两种说法中，金头说显然不足以信，弄不好是出自哪位武侠小说作家之手。而中毒说则被大部分研究雍正的专家所认同。因为现存大量史料能够证实雍正的确曾经秘密征召许多道士入宫炼丹，在他死后，乾隆皇帝即位的第三天就把这些道士驱赶出宫，并严令他们在外面不许乱说。个中蹊跷自然也为雍正中毒而死的说法提供了一些佐证。不过现在这些说法都还无法确切证实，因为这泰陵的地宫至今都没有开启过。

本来清西陵的工作人员在泰陵的影壁墙下发现了盗墓的洞口，在1980年就准备开始清理地宫。没成想顺着盗口往下挖了才两米就发现周围全部都是没有被动过的原先的砌砖。原来地宫并没被盗掘！开启工作也就立即叫停了。因为出于文物保护的考虑，国家规定凡是没有被盗的陵墓，原则上不再批准发掘。这样我们就和泰陵里的秘密失之交臂，而雍正之死就依然是一个至今无法解开的谜团。

3、年氏之谜

电视剧《雍正王朝》比较真实地再现了雍正朝的那一段历史。不过对于敦肃皇贵妃年氏的描写出入可就有点大了。这戏里说年氏的出身是个使唤丫头,在雍正的皇宫里整天就是洗洗衣服,扫扫地,干的都是保姆的活儿。而雍正是为了笼络年羹尧才把她收了房的。不过年氏一辈子都没落着好,收房不久被年羹尧连累受雍正冷落,最后抑郁而终。而据史料记载,年氏是一个高干子弟。父亲年遐龄是湖广巡抚,两个哥哥,一个年希尧是广东巡抚,另外一个年羹尧是抚远大将军。年氏从小就受过良好的教育,嫁给雍正后,深得宠爱被封为贵妃,地位仅次于皇后,在后宫里排名第二。而且年氏从来也没有受到过年羹尧的牵连。相反,年氏特别有政治头脑,在宫里就耳闻兄长恃宠而骄,胡作非为。雍正二年年氏回家省亲的时候一看果不其然,年羹尧做得太过分了。回宫以后,左思右想把心一横,到皇帝那儿把她哥给告发了。把这雍正给感动的要命,对这么大义灭亲的女人自然更是恩宠有加。不过这年氏身体不太好,一年以后就病死了。雍正对这个女人深爱不已,追封她为敦肃皇贵妃。虽然在她死后仅半个月年羹尧就被赐死,年家人基本上都受了挂累儿,但年氏却一点都没有受到牵连,还祔葬进了泰陵地宫。

真是巾帼不让须眉,年羹尧要是有他妹妹这一半的心思兴许就能善始善终了。

个性慕陵

1、选址风波

清朝的皇家陵寝有三处：沈阳的关外三陵，河北遵化的清东陵，还有河北易县清西陵，道光皇帝的慕陵就在西陵。但是这座慕陵并不是道光修建过的唯一一座陵寝。在为他修陵的时候，光是选址就一波三折，而且还差点弄出个清南陵来！

道光的画像

道光终其一生就是一个才智平庸的皇帝。虽以俭德著称，但他的俭德给后人留下的印象却是荒唐。他处于历史转折的关键时刻，来自东南海上的鸦片流毒和英军入侵，使他寝食不安。他想严厉禁烟，也曾下决心抗击侵略者，但他不知英国来自何方，不知殖民主义为何物。平素无知人之明，临危无应变之策，以至战守茫然，毫无方略，只能在自恨自愧中顿足叹息，结果忍辱接受英国的城下之盟，签定了近代史上第一个不平等条约——《中英南京条约》。

道光皇帝最开始给自己选定的陵址根本就不在清西陵，而是京城西南郊的王佐村，大致就在今天的丰台。为什么会定在这里呢？说来也许没有人相信，原因居然是道光皇帝的原配夫人钮钴禄氏就葬在这王佐村！他这个皇帝要随皇后入葬的，妇唱夫随，这可是古往今来都没有过的新鲜事儿！可道光皇帝他就是这么多情！连祖宗定下的规矩都不要了，非要把钮钴禄氏的墓地扩建成自己的皇帝陵。手下的大臣也没辙，只能按旨行事。可一算账才发现，要照这么个改法儿，不仅要扩大土地面积，迁移许多村庄、庙宇和坟墓，而且还要拆掉原来的所有建筑，同时还得改造地宫。名为改建，实际上比重建一座新的皇帝陵还要费工、费钱。这可不能由着皇帝的性子来，可也不能这么直说，说了就是找死。几个大臣一商量，只能是"曲线救国"。于是就列数了王佐村的一大堆不是。主要的不外乎是再三强调这王佐村风水怎么不够好。道光皇帝耳根子很软，没什么主见。一听风水不好，想想的确很是在情在理，于是就下旨停止了王佐村的一切工程。幸好有这些大臣们的暗中抵制、多方诱导，才避免了出现又一处皇家陵园——清南陵！

当这个清南陵的计划被大臣们给否决后，道光又花了七年的时间在清东陵的宝华峪为自己建了一座豪华的陵寝。我们知道他最终的陵墓是在清西陵，这样不就等于他一个人有两座陵寝。一个皇帝怎么可能有两座陵寝？两头轮流睡？

清东陵宝华峪的陵寝，是在道光七年的时候全部完工的。道光皇帝亲自来看过一次，雕梁画栋、富丽堂皇，觉得很满意，还奖励了承办工程的大臣们。不过，事情就是怕什么来什么，仅仅一年之隔，宝华峪就出了问题。这是所有皇帝都最怕的一件事情：地宫进水了！而且还相当严重，积水深达一尺多。这可把道光给气坏了，大骂曾被他奖励过的那些大臣"丧尽天良"，并严加惩戒，革职的革职，发配的发配，而对于宝华峪的陵寝没什么可商量的，就是一个字："拆"！其实，陵寝依山而建，地宫又深埋地下，有些潮气、渗水并不奇怪。乾隆的裕陵刚建成的时候，就出现过渗水的情况，经过维修改造之后，也就没事儿了。但是到了道光这儿，就非拆不行了。尽管随后大臣们又给他提供了很多陵址供其选择，道光连想都不想就把他新的陵寝定在清西陵。他在他做的两首诗的注释当中泄露了这个选择的天机。这两首诗大致的意思是：我的父皇母后都葬在了清西陵的昌陵，那儿的风水相当不错，而我现在把陵寝选在清西陵的龙泉峪，离昌陵也就八里地，能够葬在父亲的陵墓旁边，一脉相承，是我一生的夙愿！这一拆一建的真正原因其实是为了满足他一个子随父葬的愿望！孝顺是好，不过这愿望也太费钱了！可道光皇帝不觉得。他在诗中还大言不惭地说："勿谓重劳宜改卜，龙泉想是待于吾！"意思是说，你们别以为把宝华峪拆掉，改建到龙泉峪是劳民伤财，龙泉峪是老天爷赐给我的，我这么做是顺应天意。一句顺应天意就把自己择得干干净净，这种勇于推卸责任的精神真是让人想不佩服都不行！

慕陵地宫

一般帝陵的地宫都是四门九券，可慕陵的地宫只有两门四券，只是皇后陵的规制。所以，在清西陵里，慕陵往往因为很多道光类似的独出心裁显得不伦不类。或许，这就叫个性？不错，道光确实很有个性，但纵观他这些个性，就会发现没有一样适合做皇帝。

2、道光的俭德

道光的小档案：

姓名：爱新觉罗·旻宁，属虎，享年69岁，在位30年。13岁结婚，原配钮祜禄氏，一生共有配偶20人。

最失意的事情：鸦片战争失败。

最不幸：母亲早亡。

最痛心的：签订《南京条约》

最擅长：节俭省钱。

个性特点：心口不一、耳根子较软，优柔寡断、反复无常。

联系到他前前后后修的三座皇陵，这个道光档案的真实性很让人怀疑。但是说出来也许没有人相信，在平常生活里道光真的很节俭，连新衣服都不舍得穿。弄得满朝大臣也都以皇帝为榜样，个个穿着破衣服上朝。从殿上望去，好像站着两排叫花子，皇帝就像丐帮帮主似的。一时间，京城旧衣铺子里的破旧袍褂可值钱了，供不应求。到后来越卖越少，价钱飞涨，竟比做两套新袍子还贵。买不着旧衣服的官员没办法，只能在新衣服上打补丁，故意弄上油泥，皇帝才龙颜大悦。

在拆了东陵的宝华峪在西陵再建陵寝的时候，道光的确考虑过节约的问题。由于有了前两次的建陵经验，这回道光皇帝毅然决然地走上了装修设计师的艺术道路。自己设计，对陵寝规制作了大胆的改革和裁减，使慕陵成为了关内九座帝陵中最为独特的一座！

新建的慕陵在规制上和之前的皇帝陵大不相同。最明显的区别是它裁撤了方城和明楼。在其他皇帝的陵寝中能够看到，在宝顶，也就是老百姓所说的坟头的前面，矗立着一座高大的城楼，就是方城，方城上面那个宫殿式的建筑就是明楼。方城和明楼合在一起，就和我们现在看到的前门的箭楼差不多。而在慕陵里，这两样东西没了，取而代之的是一圈围墙，把宝顶包在了其中。这样看慕陵怎么看都不像一座皇帝陵寝，反而更像一个标准的皇后陵。而且慕陵的地宫也由四门九券改成了两门四券，同样是皇后陵的规制。裁撤得有点不伦不类，不禁让人怀疑现代装修中的混搭风格是不是就是道光皇帝的发明？不过不管怎么样，这些还算是省钱，符合他一贯节俭的个性。可其他的裁撤，反而是越裁越费钱！例如，道光皇帝把慕陵的隆恩殿由重檐歇山顶改成了单檐的，面阔也由5件改为3件，面积是减小了点，可从材料上却全找齐了。

道光还规定他的慕陵隆恩殿和东西配殿的所有木件全部都得使用

名贵稀少的金丝楠木。楠木都出产在我国南方的深山之中，生长缓慢，产量极少。道光的老爸嘉庆皇帝在建自己的昌陵的时候，就因为采不到足够的大件楠木，不得已全改成了黄松。到了道光中期，楠木的稀少就更是可想而知，而慕陵三殿的木料居然全部是金丝楠木，光这一项就不知道要多花出多少钱去了！而且，这三座大殿虽然不再用各帝陵普遍使用的旋子彩绘，而是简单的保留了楠木的本色，节约了一定成本，但却增加了一项非常奢侈的装饰：在大殿各处采用高浮雕和透雕的手法，为此一共雕刻了1318条龙的图案。这些龙头凸出平面，伸向空中，张口鼓腮，加上金丝楠木本身具有的浓郁香气，仿佛是从龙口中吐出来一般，从而形成慕陵"群龙聚会，龙口喷香"的奇特景象。漂亮是漂亮了，可成本也跟着上去了。仅这些木龙雕刻的费用就达到白银3万两之巨！于是，就在道光皇帝的这种独特的节俭方式下，整个慕陵耗资243万4千3百多两白银，折合现在人民币几个亿，与规模宏大的清西陵首陵——雍正皇帝的泰陵用银相差无几，如果再算上之前建宝华峪陵寝所花的费用，那道光皇帝真可以称得上是清代建陵史上奢靡浪费的第一人了！

有关道光皇帝的节俭癖，民间流传了很多趣事。其中之一是说道光由于感到在宫里什么的开销都大，吃一个鸡蛋的成本都要五两银子，就觉得很心痛。有一天他和一位名叫曹振镛的大学士聊起吃早点的事儿，这曹学士奏称，他每天早上总要吃四个煮鸡蛋。道光听了吓一跳，说："啊，一个鸡蛋要五两银子，你每天吃4个，岂不是要花20两银子吗？" 曹振镛赶紧回奏说："臣吃的鸡蛋，都是臣家中母鸡下的。"道光一听乐了："有这

慕陵三殿

这慕陵三殿里所有的木料都是金丝楠木！看来，俭德只在生前。做了一辈子俭德的皇帝，有什么理由身后也俭德？所以，把俭德和皇帝连在一起就有了滑稽的味道。

样便宜事，养几只母鸡，就可以吃不花钱的鸡蛋。"当下便吩咐内务府去买母鸡，在宫中干起了养鸡的营生了。这样鸡蛋钱倒是省下了，不过在宫里养鸡的开销能小得了吗？内务府报销养鸡的费用一只就要24两银子，里里外外还是亏着。所以道光皇帝几乎尽干这种没溜儿的事儿，就像他缩减慕陵的规模，虽然结果适得其反，至少想法是好的，可到他临死的时候，他后悔了！不过不是后悔钱花多了，而是后悔自己不该裁减那些规制，结果又干了一件让人啼笑皆非的糊涂事！

　　道光皇帝在临终的时候留下了一条让人匪夷所思的遗嘱："万年后，著于明楼碑上镌刻'大清某某皇帝'满汉之文。"这句话实在让人费解，因为是道光皇帝亲自下旨裁撤掉了慕陵的方城、明楼。没有明楼，哪儿来的石碑？没有碑，怎么把"大清某某皇帝"的满汉文给刻上去呢？难道是他自己忘了自己的设计了？想想这几乎不可能！道光生前曾多次到慕陵检查工程质量，没有方城明楼，他自己心里最清楚！莫不是他临终的时候老糊涂了才出现的笔误？也不会。因为从他的遗嘱可以看出来，长达千言，条理分明，头头是道，表明道光在立遗嘱的时候头脑是清醒的，神志完全正常！这就只有一个解释：他自己后悔了。可这事儿又不好公开地去说，毕竟不能破坏自己节俭的光辉形象，就只能采取这种方式，暗示他的儿子在他死后，为他补建方城、明楼。咸丰帝即位后也困惑了好久才闹明白父亲的真正意图。于是就决定为他补建方城、明楼。最后连图纸都画好了，可就是没钱！因为在鸦片战争之后，清政府可以说是内忧外患，财力匮乏，给外国赔款都赔不过来，根本没钱来满足道光皇帝的遗愿，所以改建一事拖了又拖，到最后也就只能不提了！

皇陵绝唱

1、想殉葬的梁鼎芬

　　光绪皇帝的崇陵是清王朝营建的最后一座皇帝陵寝，整个修建过程真是一波三折。刚修了一半，国家政局就发生了变化，宣统退位，中华民国成立，大清国没了。民国政府还算够意思，信守了承诺，出钱保障崇陵的工程得以继续进行。磕磕绊绊的总算完工了，才把光绪皇帝葬入地宫，正要关闭石门，发现有一个人赖在里边不走，盯着皇帝的棺椁发呆。

崇陵松林

　　崇陵周围的这些松树一部分是对光绪赤胆忠心的梁鼎芬用宝顶上的雪水换来，还有一部分是溥仪写匾换来的。也是一个曾经做过天子的人，身后事竟有点近乎乞讨，命运对光绪的作弄也够可以的。

　　这个留在地宫里的人就是梁鼎芬。生于咸丰九年，广东省番禺人，光绪六年的进士。一生也算宦海沉浮几十年，不过就是没学会怎么做官，没事儿尽弹劾朝中的重臣，什么李鸿章、奕劻、袁世凯全被他弹劾过。但这些人岂是随便能弹劾的？一片忠心反被斥责，心灰意冷之下就抱病回家了。尽管朝廷对他不怎么样，但他对皇帝却是忠心耿耿。1913年，光绪皇帝入葬崇陵地宫，这老梁同志跟进去就不打算出来了，坐在那里发呆。想殉葬！旁边的人怕他死在地宫里，就赶紧把他给架出来了。可人要想死那是看不住的，得给他找点事儿做，分分心！按惯例，陵寝的周围都要种树，一是为好看，二是为了净化空气，防止风沙。可建崇陵的时候经费不足，植树的事情一直也没个着落。溥仪一想，正好，梁鼎芬不是想殉葬吗？你就去当个植树大臣吧！梁鼎芬十分高兴有这么一个机会为光绪尽忠，但植树需要钱，上哪儿去找这些钱？后来他想出了一条妙计，派人到北京城买回了二、三百个陶制的酒瓶。赶上下雪的时候，就带上随从和酒瓶，到崇陵的宝顶之上，把所有的酒瓶都装上雪，封好瓶口后还贴上标签，签儿上写着："崇陵雪水"。然后回到北京，走街串巷，挨家挨户的到宗室皇族、王公大臣家里登门拜访，每家赠送崇陵雪水一瓶，说是赠送，但是都得掏钱！而且掏的钱如果和身份、财力相符，他就含笑而别。如果掏的钱少，或者不给，那就自然是言辞激烈，就是站门口骂人！这招儿还真灵，短时间内还真凑足了一笔数目可观的资金。拿着这些钱，梁鼎芬买了不少的树苗，而且不顾年老体弱，亲自带人上山植树，最终居然一共种下了树木40601株。这份忠心和义举，让人不由得赞叹：补天挥日手能闲，冠带扶锄土石间。不见成荫心不死，长留遗蜕在桥山。

梁老爷子的精神真是值得人敬佩，不过他卖的那点儿雪水钱还是不够把崇陵都种满了树，最终这问题还是宣统皇帝溥仪解决的。虽然那会儿他已经退位了，没钱了，但是名气还在，用现在的话说仍然拥有无形资产。当时有些南方的大款有钱没处花，但是想买个身份，就托人求溥仪说："您看看，我们家老太太过寿，您能不能给写个匾额，封个诰命夫人什么的？我们捐钱！"这要是在过去，说这话无异于自寻死路。可现在不同了，人穷志短，马瘦毛长，溥仪也是没办法，最后只能靠着卖字和卖官才把崇陵的工程给收拾完的。

2、光绪之死

光绪原名载湉，父亲是醇亲王奕譞，母亲叶赫那拉氏是慈禧的亲妹妹。本来载湉可以作为贝勒无忧无虑地生活一辈子，但想不到他的表哥

光绪的棺椁

可怜的光绪就长眠在这里面。如果每一个人都有自己的不幸的话，光绪最大的不幸就在于他被慈禧选中做了皇帝。皇帝的宝座对他不是庞大的权利，三宫六院，不是随心所欲，而是从灵魂到身体的禁锢。

同治皇帝年纪轻轻就离开了人世，身后又无子嗣。于是载湉就被慈禧相中，四岁入宫即位，从此开始了作为傀儡皇帝的悲惨的一生。

那么多皇室子弟，为什么偏偏选中载湉呢？这只要联系权欲熏心的慈禧就容易理解了。载湉与同治皇帝是一个辈份儿，载湉要是坐上皇位，慈禧就还是皇太后，就能够继续垂帘听政。而要是选择"溥"字辈的，她就成太皇太后，隔着辈儿就不好再插手政事，她的权力欲怎么可能得到满足？而且载湉对她来说，既是侄子又是外甥，年纪又小，对于她垂帘听政来说再合适不过了！所以光绪登基根本就是慈禧独揽朝政的一个棋子，并不是真想让他当皇帝。但光绪根本没搞明白这是怎么一回事，还成天想着推翻旧制、维新变法。最后就是一个结果：被囚禁在瀛台。虽然仍是皇帝，但却受尽凌辱。过冬的时候连件厚点的衣服都没有，每天供给的膳食不是臭的就是凉的。本来身体就弱，再加上慈禧给他的生活和精神上的双重折磨，光绪在十年的囚徒生活后，撒手人寰了。

3、光绪的婚姻生活

　　光绪皇帝可以说是清代王室中老婆最少的一位，只有一后二妃。即使这么少，还都不是自己选的，全部都是慈禧老佛爷给指定的。他的皇后孝定景皇后，也就是后来的隆裕皇太后，姓叶赫那拉氏，是慈禧的娘家侄女。说她长得一般都应该算是褒奖了。可她是慈禧硬塞给光绪的，不要不行！这样的夫妻俩人感情能好得了吗？两个妃子，一个是瑾妃，一个是珍妃，是亲姐妹俩，镶红旗人，姓他他拉氏。瑾妃在宫里人称"胖皇妃"，长的比皇后好不了哪儿去。40岁的时候还得了甲状腺亢进，脖子粗了，看起来更胖了。就这模样，说她一生没受过宠不会有人怀疑。唯独只有珍妃，容貌秀美、才华出众，而且和光绪皇帝志同道合，支持他重振朝纲。可正因为如此招致慈禧嫉恨，到八国联军侵入北京的时候，慈禧太后出逃，临走也没放过她，差人把她推井里给淹死了。最终虽然还是葬在清西陵崇陵东边的妃园寝当中，不过噩梦还没有结束，在大清寿终正寝以后仍然难逃被盗的厄运。

隆裕皇太后

　　和光绪徒有皇帝的头衔一样，他的皇后也只是有一个皇后的头衔。光绪不爱她，以慈禧长期对光绪的折磨，光绪不可能爱她。于是，两个人的幸福就这样被葬送了。这一切的推手是慈禧？是她对权力的渴望？抑或是命运？谁知道？

有关崇陵妃园寝的盗案，几年前有一部电影《夜盗珍妃墓》做了描写：1938年11月，河北易县华北村的鄂士臣、关友仁等8人，在夜间盗掘了珍妃的地宫，把里面全部的随葬珍宝洗劫一空。事件本身并没有什么疑问，电影也基本上是照史料拍的，盗墓确有其事。但是被盗的到底是不是珍妃的坟值得研究一番。在妃园寝当中只葬入了两个人：瑾妃和珍妃。这姐儿俩虽然长得不像，但这陵建得可是基本相同，非常容易混淆。而且这么多年过去了，要想确定被盗的是不是珍妃墓，的确很难！但是如果我们分析一下盗墓的细节，还是能够发现一些蛛丝马迹。

在电影和一些资料中这伙盗贼先用挖掘的方法忙了大约8小时，才挖出了一个深约3米的竖井。再往下就是坚硬的石头，使镐打不动，用了炸药才进入地宫。而据史料记载，妃园寝在初建的时候，珍妃和瑾妃的两座地宫都是砖券结构，就是用砖垒起来的。1921年，溥仪曾下令对瑾妃的地宫进行改造，由砖券改成了石券。所以如果像电影说的所说，盗匪在挖掘的过程中碰到了坚硬的石头，那被盗的很有可能是瑾妃的地宫。

众所周知，珍妃是被扔到井里淹死的。打捞起来的时候，人已经泡得没形了。到1938年被盗的时候，又过了37年，珍妃很有可能只剩了一把骨头了。而盗墓贼在盗掘时，发现棺内遗体"脸上皮肉尚存，五官依稀可辨"。从这点上推断被盗的是珍妃是不大可能的，而更像是刚死了14年的瑾妃。

在影片中，盗墓贼们打开棺椁之后，发现了很多金银珠宝，这一趟算没白跑，大发了一笔横财。不过当年珍妃的尸体从井里捞出来以后，名誉还没有恢复，也没按照妃子的礼节安葬，随随便便的就埋在了京西的恩济庄了。后来奉移到清西陵的时候，也没有改换新棺重殓，因此棺内根本就没什么随葬品，这样和电影的情节又有了很大的出入。所以从这几点我们可以得出结论：事实根本不像《夜盗珍妃墓》中描述的那样，真正被盗的实际上是崇陵妃园寝中的瑾妃陵！

5、末代皇帝今何在

　　虽然说光绪的崇陵可以说是中国皇陵史的绝响，但在清朝的历史上光绪并不是最后一位皇帝，宣统才是末代皇帝。可光绪的崇陵却是清王朝的最后一座皇帝陵。因为溥仪在1949年新中国建立以后过了一段普通公民的生活，又娶了一位夫人叫李淑贤。溥仪67岁去世火化以后，骨灰就安放在了八宝山了。后来一位海外华侨在清西陵的崇陵后边建了一座现代公墓，为了造势扩大知名度就力劝李淑贤把溥仪的骨灰移葬到了这座陵园当中。随后溥仪在伪满时期册立的"祥贵人"谭玉龄的骨灰也安葬了进来。2005年的10月，在溥仪的公墓旁边又建了一座末代皇后婉容的衣冠冢，里边放了一张照片，这也算团圆了吧！所以如今这清西陵里，葬了5位皇帝，却只有四座皇帝陵！

溥仪公墓

　　中国末代皇帝就长眠在这里。因为位列末代，即使最后在他的祖宗的身边有了一个位置，但这个位置对他，对他那些显赫的祖宗不知是不是一种羞辱？不管怎么说，这也算得上是后人为大清期待万年的江山最后画的句点。

戏园春秋

在颐和园里现在还保存着一座大戏楼。这座戏楼比故宫，圆明园，承德避暑山庄的戏楼规模都要大，它是现在保存的最大的清代宫廷戏台子。

其他地方的戏台子都叫什么阁，什么楼，什么斋的，唯独颐和园这个大戏台子这地儿直接就叫德和园，摆明了就是告诉说这儿就是一个宫廷的戏园子，是老佛爷慈禧太后听戏的地方。

1、水井做音响

德和园这个大戏楼确实没少让慈禧破费。当时为了建它总共花了71万两白银。71万有多少？众所周知慈禧为自己建造的陵寝非常的奢华，总共花了200多万两白银。这么一对比就清楚了：一座规模庞大的皇家陵园才能换三座戏园子。

花这么多钱盖的这个大戏楼一定有什么与众不同之处。这个戏楼有21米高，一共有3层，每层都有上下场的门，每层都能唱戏。最热闹的一次是慈禧太后过60岁生日的时候，3层戏台子同时上演一出戏。当时的情景可以说乱成一片，根本听不出个子丑寅卯来，可太后老佛爷却高兴，因为热闹。

但是，在德和园里能同时唱戏算不了什么。在大戏楼的三层有一个装置，看起来像是打水用的，实际却是古代的升降机。只要搅动那个辘轳神兵就可以从天而降，鬼怪也能从地下冒出来，这恐怕就是最原始的空中飞人装置了。

为了能让演出的效果更逼真，戏台的下面还打了五口水井。现在是看不见这些水井了，但是舞台上还留有井口的痕迹。这些水井是利用压水泵的原理，在演出时可以配合演出制造气氛。比如要演《白蛇传》水漫金山，这水就能从地下冒出来。平时不需要用水的时候这些水池可以

德和园

　　清代宫廷每逢庆典都有演戏活动，乾隆以后此风愈盛，戏楼、戏台也就成了宫廷及御苑中不可缺少的一种建筑物。慈禧嗜好京剧，原来专供皇家使用的听鹂馆内小戏台已不适应当时的需要，因此就花71万辆白银修了这么一个德和园大戏楼。尽管大戏楼成了慈禧个人的享乐之地，但她的爱好也无意中促进了京剧流派的发展。 当时红极一时的京剧演员谭鑫培及杨小楼曾在这里献技。

作为最好的音箱。一百多年前那会儿没有麦克风扩音器，全凭演员站在舞台上喊，有了这个原始的音箱听戏的效果应该会好很多。

2、看戏是受罪

　　有这么好的设施，老佛爷赏戏给看一定很舒服，可她的那些大臣却把陪她看戏当罪受。这话说起来没有人相信，要到了德和园才知道是怎么一回事。

　　当年慈禧老佛爷听戏是在中间的颐乐殿里。颐乐殿正对着大戏楼。而那些王公大臣们只能在戏台两边的廊子里看戏，在这里这些人只能看见演员的后脑勺和腮帮子。而且慈禧常常一看就连着看九天，所以，连着看九天的戏，天天看的都是演员的后脑勺和腮帮子没有人不会郁闷。

即使光绪皇帝的待遇也比这些官员们好不到哪去，他也只能在大殿东边的过道口看戏。他想看见演员的正脸，也得费一把子力气，因为有了老佛爷，做皇帝就只得这么窝囊。

这还不算最苦的。据说当年慈禧老佛爷看戏基本就不坐在颐乐殿中间的宝座上，她会挪到西边窗下的炕上去看戏。一来舒服，二来这个位置正对着上台口，她可以清楚地捕捉到演员最初的瞬间表现。与慈禧在德和园坐累了就躺着，躺累了再坐着相反，那些王公大臣连坐的凳子都没有。据说是一人发一个垫子，只有廊子底下盘腿打坐的待遇。而且，别说盘腿了，就是给个沙发连坐九天也受不了。要是天好，廊子底下坐几天也能忍一忍。要是赶上数九寒冬刮风下雪，慈禧老佛爷肯定是冻不着的。她坐的大殿都是带地热的。殿后烧着木炭，热气通过火道传到屋里，整个大殿暖洋洋的。而那些王公大臣们待的廊子过去根本没有现在我们看见的玻璃窗户，它是四面漏风，也不可能有什么地暖。估计这些被赏来听戏的人几天下来要不感冒都难。看戏看成这样，确实够苦。可这还算不上最苦。最苦的是慈禧老佛爷是只赏戏，不赏饭。这和我们现在在电视剧里看到的每当王公大臣们陪着皇上看戏时总是几个人围一桌子，有吃有喝，有说有笑完全不一样。陪慈禧看戏不仅没饭吃，连茶水点心也不管。要是饿了，自己想辙去吧。不过，上有政策下有对策，经过一段时间这些王公大臣们就想出了一个办法，不仅把茶水点心的问题解决了，而且连有烟瘾的人抽大烟的事都能办了。

水井口

用水井制作演出气氛，音箱，这在世界上绝对算得上一个创造。只可惜，这种创造恐怕只有老佛爷享受得起。

在德和园外的夹道里有一道奇怪的门。这个门离地足有一米多高，还没有台阶。要想进这扇门一定得施展攀爬的功夫。这门现在被堵死了，如果打开它就可以发现它正好就是大臣们看戏的戏廊子的位置。当年太监们就是从这里把茶水，点心从这里送给那些来看戏没有饭吃的大臣。太监们这么做当然不是免费的，他们都有相应的小费。对普通的大臣，太监们当然是不会心慈手软的，但是对李鸿章，张之洞这些位高权重的名臣，他们可就不敢了。非但不要小费，他们还会在这些人累的时候，主动给安排休息的地方。当然这些有特权的大臣也免不了得从这道极不方便的门爬出去才能享受到特殊的待遇。

门

当年陪慈禧看戏的大臣就是通过这个门获得充饥的食物，很快它就成了太监们大捞一把的黄金门。

3、广和茶楼往事

据记载，北京的第一座戏园子就开在前门外的肉市街上，就是现在的广和剧场。据史料记载广和剧场在明朝末年的时候是一个姓查的大盐商的私人花园，清军入关后查老爷家就没落了，花园也就荒废了。到了康熙年间花园被改成茶园对外营业，名字就叫广和茶楼。

广和剧场

这里曾经是北京第一座戏园子，当时名叫"广和茶楼"，就是今天的"广和剧场"。老北京习惯一边看戏一边喝茶聊天，所以，看戏在北京就成了"听戏"，戏院就成了"茶园"。

北京的戏园子最早都叫茶园。明末清初的时候没有人把去听戏说成是去戏园子，得说去茶园才有人理解。还有老北京人习惯说去听戏，很少说去看戏。因为去的是茶园，大家凑到一块儿，光扭着头喝茶聊天，只把耳朵贡献出去就行了，看戏反倒在其次了。所以就有了去听戏而不是去看戏的说法。侯宝林大师曾经说过一段相声，真实再现了在热闹的茶园里听戏的情景。从这段相声我们知道那时候听戏是满园子乱飞毛巾板，还经常有卖鲜果，瓜子，糖葫芦的，小贩提着篮子就可以进来叫卖。除了这么乱，过去戏园子还有一个让人丈二和尚摸不着头脑的规矩。

这规矩从哪儿兴起的已经无从考证了。但是打从北京第一家戏园子广和楼开始唱戏那天起，这个规矩就开始实行了。现在的人看演出，习惯了戏院门口的海报写得清清楚楚：今天是什么角儿，唱的是哪出戏？

戏院唯恐观众看不明白不进来买票。按过去戏园子的规矩，海报可不会这么写。过去的海报永远是八个大字：吉祥新戏风雨无阻。高兴了最多把演出的剧社写上。至于今天演什么戏，让你猜。为了不让你瞎猜，还给你提供线索。这个线索就是把今天大戏中的代表性道具摆在戏园子大门外，这还有个专业名词叫："摆砌末"。比如今天要演《长坂坡》，那就给你摆上张飞的丈八蛇矛；要是《辕门射戟》，就给你放杆吕布的方天画戟。今天的人可能疑惑：这规矩究竟是想人来看戏还是不想让人来？可是如果你觉得这规矩新鲜，还有比这更不着四六的。

这个规矩要从道光皇帝颁布的一条法令说起。有一年他下旨让全国所有的戏园子都不许卖女座。只要是女性你就不要想进戏园子听戏。理由是男女一起看戏有伤风化。道光皇帝该管的事是一件没管好。不光在他统治中国期间发生了鸦片战争，这是中国百年屈辱的开端。他还是中国第一个卖国条约《南京条约》的签订者。国家治理不好，反而成天净琢磨男女风化问题。所以，他不是个不着四六的人又是什么？因此，他颁布的这条法令当然也就是个不着四六的规定了。

这条规定到了清朝末年才被放宽。当时在煤市街南口外路北，也就是现在丰泽园饭庄附近有一个叫"文明茶园"的戏园子开始允许女性进园子看戏了。但是男女看戏还是不能坐在一起。男的坐在楼下看戏，楼上才是女座。尽管还是男女有别吧，但是文明茶园总也是让社会朝着文明走得更近了一点。

景山

1、神奇的遥感图

在1987年1月北京地区航空遥感展览会上，爆出了一条惊人的消息：在遥感拍摄的北京景山公园平面图上人们惊奇的发现了一尊盘腿打坐的人像。这个消息绝非杜撰，而是通过科学精密的遥感技术测定的。所以消息一经传开，人们不禁纷纷猜测，这尊人像究竟是谁，他的存在是否隐藏了什么不可泄露的天机，这一切是大自然造化弄人还有人刻意为之呢？

景山公园遥感平面图

在这张遥感平面图上那个盘腿打坐的人像给景山的神秘增加了许多玄机。

在这张遥感拍摄的平面图上景山人像的造型清晰可见。整个人像看起来似乎是眯着眼，带着笑，气定神闲。这尊人像到底是谁？既然景山就在紫禁城后面，首先让人想到他会不会是清朝哪位皇帝？在把这幅图和清朝的皇帝逐个比较以后，结果非常令人失望：这尊人像长得不不像任何一位皇帝！于是又有人想到中国历史上有多次修建巨大佛像的记

钦安殿里玄武帝

这个具有人形的玄武帝原来长得像乌龟，后来被改造得具有了人形，和景山人像是不是有一些神似？

载，那这尊人像会不会有可能是一位和尚？但是景山人像头部两侧的头发又一次打破了这种新的猜想。于是最后只能把目标锁定在了紫禁城中的一座大殿。在这座大殿中有一尊神像吸引了大家的目光。

在紫禁城最北面有一座钦安殿。那里供奉的是一位被称作玄武帝的神仙。这玄武帝原本是一只掌管北方的神兽，长相介乎于蛇和乌龟之间。因为人们总不能天天对一个乌龟顶礼膜拜，于是玄武帝也就有了人形。而景山人像居然和端坐在钦安殿中央的这尊玄武神惊人的相似！完全符合道教神仙的神态。但新的疑惑接踵而来：景山人像重要的组成部分----头部居然是景山的寿皇殿建筑群！众所周知，现在的寿皇殿是乾隆皇帝下令重新修建的，而在此之前的老寿皇殿要比现在的偏东几十米。问题就在这里了：在重修寿皇殿的时候乾隆到底有没有意识到他的这个举动会造就了一个巨大的神像，难道说这尊玄武帝是乾隆皇帝有意修建的？

乾隆皇帝好大喜功。他干的事儿不管多小，史书上多多少少都有记载。如果说重修寿皇殿是为了造就这么一个从未有过的巨大神像，如此

一个值得向子孙后代炫耀的事情，他又怎么会不好好夸耀一下自己呢？在寿皇殿的两侧修有两个碑亭，但是令人遗憾的是，碑亭中石碑上的碑文中却丝毫没有景山人像的记载。但如果人像不是乾隆皇帝刻意修建的，那他的建造者又会是谁呢？

构成景山人像的许多树木和建筑并非乾隆一朝修建，很多都是前朝遗留下来的。由于历经几朝，历朝的皇帝之间绝不可能在彼此没有任何交流的情况下延续这样一个巨大的人像建造工程。所以说景山人像也许真的只是一个不经意之中的产物。这冥冥之中的遗物因此就给这尊人像蒙上了一层神秘的面纱。

2、景山的来历

关于景山人像究竟是怎样形成的大家可以有种种猜想。但是景山是怎么形成的却绝对是有证可靠的事情。

景山寿皇殿建筑群

寿皇殿建筑群形成景山人像的头部，大殿和宫门组成眼，鼻，口，面带微笑。这座人像究竟是古人有意建造还是巧合呢？发现者和专家为此作了细致的研究考证，但至今仍无结论。

关于景山的出身，平时大家比较公认的说法有两种：一种说法认为因为明朝时皇宫里面烧煤，这座山就是当时为皇宫堆煤的地方，久而久之就堆出了一座山。而另一种说法认为景山是明朝为了重修北京城用挖筒子河的土堆出来的。这两种说法哪种才是正确的呢？景山在明朝的时候确实堆过煤。当时为了防止被反攻北京的元朝军队围城，明朝皇帝就下令在景山前面堆放了大量的煤炭以备不时只需。景山又叫煤山就是从这来的。可是如果真的全是用煤堆出来的，那么今天在景山随便在地上挖个坑一定可以挖出几块煤来。然而在这里却完全没有任何堆煤留下的痕迹，这种说法，显然不够准确。第二种说法认为景山是挖筒子河的土堆成的说法也是值得怀疑的。明朝时中国的风水学说应该是已经非常的成熟了，已经形成了完整的体系。景山前有水后有山在风水学上来说是上上之选，所以为在此重修北京城，拆除了很多老的建筑，挖了筒子河。这些工程不言而喻要留下很多建筑垃圾，这些垃圾的确都堆在景山。这样既解决了建筑垃圾的堆放难题，又满足了风水学的要求，真的是一举两得的好事情。但是当初确定在这里堆垃圾还有一个重要的原因：这里原本就有一座山，一座前朝留下的山，因此在这堆垃圾最不占地。所以说景山是挖筒子河堆出来的这种说法也不能说是正确的。

　　其实最早相中景山这块风水宝地的是契丹人。当年辽国太宗耶律德

光夺取了燕云十八州之后，就在今天北海的地方修建了一座行宫，起名叫瑶屿行宫。从这名字看得出他非常想过神仙的生活，所以给行宫起的名字都是神话故事里的。在他的要求下瑶屿行宫里挖了太液池，挖出的土除了堆出了今天的琼华岛，其余的就堆在太液池东边永定河故道中一座小土包上。虽然在《辽史》中只有区区几个字："辽始筑土山"，但这是关于景山形成最早的文字记载。因此景山最早是自然形成，后又历经辽金元明清几朝共同修筑，景山的个子终于越长越大，形成了今天的规模。

3、延续三朝的风水斗法

景山的地理位置很重要。可以说，没有景山，今天的北京城会修在哪还不知道。从公元938年契丹人开始在这里修建辽国京城到1911年清朝灭亡，在973年的时间长河里北京这个地方吸引了诸多的皇帝。最早把景山作为北京中心开始修建城市的是元朝。明朝时的北京城虽然改变了很多，但是城市的中轴线仍然选在了景山一线。清朝最懒，基本沿用了明朝的城市格局。可以说景山就是元明清三朝皇家的一块风水宝地。由于这么多皇帝相中这里，今朝皇帝住的地方都是过去别人的地盘，难免这些皇帝都觉得心里别扭，只怕前朝的风水坏了我今天的江山。于是一场激烈的风水斗法以永保江山一统万年就在景山拉开了帷幕。

古人思考问题的方式在现代人看起来真的很天真。他们讨厌谁就一定要找个东西把他镇住。比如元朝，为了能压住金朝的风水，他们就往景山上堆土，还给景山起了个名字——镇山。等元朝灭亡，明成祖定都北京，不仅重修了北京城，他也往景山上堆土，目的还是为了镇住前朝的风水。而且最可笑的是，名字还没改，还叫镇山。只不过是前面想镇别人风水的元朝，这回轮到它被镇在底下了，结果到底是镇住没镇住呢？大明朝传了16代是灭亡了。清朝入关之后也不能脱俗，它也得镇住前朝。不过经过元明两朝不断堆土，景山已经从原来的小土包，变成了一座高40多米的高山了。想再往上堆土已经不是件容易事儿了，这可怎么办？

大佛像 ◎◎

　　这就是劫后余生的大佛，它既没有保住大清的江山，也差点没保住自己。

　　为了镇住前朝的风水，乾隆皇帝想出个新招：你们不是都往景山上堆土吗，我不学您们，我盖五个亭子，再在亭子中间修五尊佛像，铸铜鎏金的佛像。乾隆皇帝这一招很绝，看起来好像是一挺单纯的崇尚佛教的行为，但是这背后却另有玄机。在中国的阴阳五行中金是克土的，既不破坏皇城前有金水河，后有景山的风水格局，又用自己的金佛镇住前朝的土山。乾隆皇帝太满意自己的得意之作了。但是结果往往是事与愿违！

　　乾隆皇帝原来修这五座金佛作为镇风水的镇物，可是最后这镇物连自己都没镇住！1900年八国联军进北京把这五尊佛像连偷带抢的毁了四个，就只留下了中间的一个。留下这尊大佛可不是他们突然发慈悲了，没偷走的原因很简单，就是这尊大佛实在是太大了，根本拿不走。事实上，真正的能镇住风水的是什么？是皇帝的治国之道！用这么几个连自己都保不住的佛像怎么能保住万年江山？不过元、明、清三朝在景山又是堆土又是盖亭子搞镇风水的运动，不经意之间景山长个怎么说总是个好事。不过与茁壮成长的景山相比，景山中有一棵树就没有这么幸运了。这棵树它活得很冤枉，一直在替别人背黑锅，一背就是好多年，而且连给自己申辩冤情的机会都没有。

4、景山罪槐

　　1644年3月19日，突然有两个披头散发的人急匆匆的冲出故宫神武门，爬上了景山。两人抱头痛哭之后，其中的一人就在一棵松树上上吊自尽了！

上吊的这位就是大明朝最后一位皇帝——崇祯。在李自成攻进北京城后，崇祯就选择在景山上吊，最后还是李自成命人给收的尸。可这李自成也没风光多久就被入关的清军给打跑了。因为跑得匆忙没来得及和清军交接工作，结果这崇祯到底死在景山哪里后来谁也不知道，就知道是在景山寿

罪槐

这棵槐树和崇祯一样倒霉，一个黑锅一背就是数百年，看来还要继续背下去。

皇亭东面的一棵松树上上的吊。满人的大清建立以后，为了缓解民众的情绪，让大家觉得这逼死前朝皇帝和清朝无关，就一定要找到一个替罪羊！找谁做替罪羊呢？就找当时崇祯上吊的那棵树吧！于是清政府就指定了景山东面的一棵槐树，认准了它是逼死崇祯皇帝的树，把这棵树叫做罪槐！以后大家再有什么怨气，别再冲着我们来了，大家就对着这棵树撒气吧！这棵槐树真是冤到家了！本来分明是一颗松树干的事儿，可是这屎盆子怎么就扣在我槐树的脑袋上了呢？怪只怪自己呆的地儿不好吧！

背上了逼死前朝皇帝的黑锅，这倒霉槐树的倒霉事儿还没完。清朝的皇帝觉得冤枉这棵槐树还不过瘾，又给它加上一条铁链子。说是为了镇住罪槐，别让它再干坏事。其实清朝皇帝这么做不仅是想要镇住前朝的不祥之物，最主要的还是想教育自己的后人：你们大家都看好了，咱们家前面那家人就是因为不懂治国之道，自毁江山，咱可不能学他们。当年指定的那颗罪槐后来死了，必须再找一棵树顶替，否则大清又会成为杀害明朝皇帝的罪人，所以人们又从别处移来一棵槐树。新来的槐树

更冤了，什么坏事都没干过，连到底怎么回事还没搞明白，就这么稀里糊涂的做了替罪羊的替罪羊了。

1911年大清朝灭亡之后，景山作为皇家宫苑的历史从此画上了一个句号。现在的景山是老百姓晨练和游客云集的地方，夏天这个绿树成荫的皇家后花园还是很好的纳凉解乏的好地方，而且景山门票的价格也很实惠，1978年买一毛五元，1991年买三毛，现在一张也就两块钱。少吃一根冰棍，就能去景山转转了，而且在景山山顶的万春亭还能免费欣赏故宫，北海，鼓楼的风景，当然得挑天儿好的时候去。

思陵-落破的大明倒霉的皇帝

1、命运不济的崇祯

崇祯，颇据争议的一位明朝末代皇帝。大明江山毁于他的手上，他也是明朝历史上唯一一位上吊自尽的皇帝。这就是为什么在明朝的十三座陵墓中只有思陵最为残破不堪，凄惨和悲凉。

在大明的历史里崇祯皇帝的命运确实是前前后后十几个皇帝里最不济的。在他以前明朝好几次都到了灭亡的时候，但撑下来了，明英宗朱祁镇被瓦剌人俘虏去一年明朝没有亡；嘉靖皇帝二十多年醉心于修炼成仙不理朝政，让首辅严嵩专国20年，吏治败坏，边事废弛大明依然屹立不倒；正德皇帝登基不到两年就不堪忍受紫禁城的清规戒律，于是就在皇城一处园林中自建的一幢别宫取名"豹房"，平常的时光他大多

思陵的残破照

走在思陵里,唯一的感觉就是苍凉,陵墓的主要建筑已经荡然无存。这凄惨的景象很难与据今只有200多年的明皇帝陵联系起来,这里的一草一木都讲述着崇祯这位大明末代皇帝的不济人生。

在"豹房"消磨,他还常常私自潜出皇宫离开北京到外面去撒欢儿搞女人,明朝即使遇到这么荒淫的皇帝也没有亡;万历皇帝为选择诸君和文官们闹别扭,在经过几次抗争以后他麻木了,以后几十年不问朝政,国家经济一落千丈,一次战争中四万大军被歼,就这样明朝也还没有走进历史;天启皇帝整日沉浸在木工活之中将国家大事抛在脑后不顾,成了名副其实的木匠皇帝,一字不识的魏忠贤据此滥行赐赏,大施刑罚,凡正直的大臣都被以东林党的罪名惨遭横祸,宦官专政到了空前绝后的地步明朝也没亡。到了公元1627年,玩了一辈子木匠活的天启皇帝在临去见太祖的前几日将他的五弟信王由检叫到跟前,将一个内困外患,而且还是阉党把持着朝政的国家交给了他十七岁的弟弟朱由检,也就是崇祯皇帝。

和他玩了一辈子木匠活的哥哥不一样,崇祯对朝务的勤勉和生活的

崇祯像

有了思陵的残败印象，尽管黄袍加身，朱由检的脸上也透露出"不是亡国之君的亡国之君"的倒霉迹象。也许，人倒霉就是这样，纵使不在人世，倒霉的影子依然笼罩着与他有关的一切。

简朴和一个亡国之君相去甚远。史书中对他的综合评价是：在位十七年一直勤政理事，不管睡得多晚总是鸡鸣就起床。节俭自律，不近女色，宫里从来没有宴乐之事。可大明朝偏偏就亡在这样一位一心想把天下治理好的皇帝手里。因此有人认为他不折不扣是"不是亡国之君的亡国之君。"

2、思陵被毁之谜

在崇祯的前面加上"倒霉"二字一点不夸张。就是因为倒霉，他成了祖宗江山的葬送者。看看现在他的陵园内的种种迹象：建筑几乎全部消失，只剩下石碑还矗立在那里，陵区内荒草丛生，残垣断壁。这种景象和这位葬送了大明朝的皇帝联系在一起到是合适。究竟是什么使这座皇陵被毁到如此境地？是天灾？还是人祸？

要想解开思陵被毁之谜要从两个嫌疑人说起。嫌疑人之一就是李自成。李自成几条命案在身，不推翻大明朝就无处葬身，可以说和大明不共戴天。而且当李自成的农民武装如火如荼的时候，崇祯皇帝曾经专门派人到陕西米脂县将李自成的祖坟给破坏了。李自成自从发动兵变起就天天梦想着进北京，杀了崇祯皇帝报仇，而后建立自己的大顺朝。所以有完全的怀疑他会报复崇祯把他的陵墓给毁了。更可疑的在进北京时他又是从今天昌平一带进来的，一路上正好路过十三陵。看来没有人会怀疑他路过思陵时不会做一些毁坏的事。但崇祯上吊在李自成攻打北京城之后，那时思陵还不在。所以，即使李自成毁坏了其他陵墓也完全不可能毁坏思陵。那么，李自成的嫌疑可以排除。可是李自成虽然没有毁思陵的时间，但他却亲眼目睹了上吊在松树上的崇祯。

公元1644年3月李自成在攻陷昌平之后，一把火烧了明皇陵的享殿，接着开始攻打北京城。崇祯见他的军队被李自成全数歼灭了吓得不知所措，只能对着手下的人哭泣。开始崇祯还想负隅顽抗，准备亲征，但在这个人人自危的时刻，谁还在意他这个天子？没有人愿意响应。到了傍晚，一直受到崇祯宠信的太监曹化淳将彰义门公然打开迎接起义军进城。崇祯自知大势已去，便在乾清宫写下了让成国公朱纯臣负责军事、辅佐太子的上渝。但此时诺大一个皇宫里已没有一个收朱渝的人了。

寿宁宫　　●●

朱由检看着自己的妻子自绝以后来到这里，用左手挡住脸，右手拔刀出鞘，向自己的女儿砍去。

看到这种情形崇祯知道自己死期临近，他接着就安排后事。先派人将三个儿子朱慈烺、三儿子朱慈炯、四儿子朱慈炤连夜送出宫外。随即他来到后宫要求周皇后以身殉国，"国破就在眼前。你身为国母，理当殉国。"周皇后似乎早就有准备，从容殉国。自己的妻子就在自己的面前自绝，崇祯的心里一定很难受，但他没有时间悲伤或是难过，或是忏悔，叛军近在咫尺，随时都会冲进来，他马上来到寿宁宫找女儿长平公主。长平公主刚满十六岁，崇祯已经为她挑选了驸马，只是因为李自成公主的婚期才往后延。看见父亲匆匆忙忙走进来公主知道情势危急就哭了起来，崇祯的眼泪不由自主也流了下来，望着最心爱的女儿叹息说："汝何生在朕家！"然后狠下心，用左手挡住脸，右手拔刀出鞘，向公主砍去。但因心软手颤而未砍死，事后被人背出宫去。然后叫来自己的知心宦官王承恩，和他饮了几杯酒后换上出门穿的鞋，带了几十名手持斧头的太监，骑马跑到朝阳门。在接近城门的时候，看见城墙上竟然有太监向他放炮！崇祯等人只好前往正阳门也就是现在的前门，但此时正阳门城楼上已经看到向李自成发出的投降信号——白灯笼。他仍然不死心，心存一丝希望又到北边的安定门，可城门怎么都打不开。在做了所有能做的尝试以后，出城的希望几乎渺茫。此时天已大亮，再耽误下去就只有做阶下囚了。可是，大明的天子做阶下囚，以后何颜去见祖先？走投无路的崇祯带着王承恩回到乾清宫，敲钟召集大臣议事，等了半天没见一个大臣前来。完全绝望的崇祯最后带着王承恩离开紫禁城，两人手拉手走上了景山，到达了山顶的寿皇亭。王承恩一把屎一把尿看着崇祯长大，感情深厚如同父子。看到北京城笼罩在一片硝烟迷雾中，自己的江山被踩躏得满目疮痍，崇祯心中除了愧还是愧：愧对祖先，愧对黎民百姓。他无比悲愤地咬破手指留下血书遗诏："朕凉德貌躬，上干天咎，致逆贼直逼京师，此皆诸臣误朕，朕死无面目见祖宗于地下。自去冠冕，以发覆面，任贼分裂朕尸，毋伤百姓一人。"随后，怀着满腔的悲愤、孤独、寂寞与绝望，最后看一眼战火纷飞的大明江山，把他那高贵的头，放进了腰带挽成的绳套里……时年三十五岁。大明朝在历经了277年后，就这样惨淡地被终结了。见主子归西，王承恩则以头撞地，当时血流如注，失声恸哭。在对着帝王遗体行了三拜九叩的臣子之礼后，眼中噙满悲愤苍凉的两行热泪，义无反顾地也跟着吊死。他自己原本是完全有机会苟且偷生的，但是他坚定地选择了做崇祯的陪葬，以死殉国。

　　李自成进入皇宫之后，尚不知崇祯皇帝已死。在宫中搜查半天也没有找到，很着急。他的部下告诉他崇祯皇帝一定藏匿在民间，不出重赏和重罚不可能找到。李自成于是下令：交出崇祯皇帝者赏万两黄金，封为伯爵；有胆敢藏匿不报者祸灭其族。后来有人发现崇祯已吊死在万寿山后，李自成下令将崇祯的尸体连同自缢在宫中的周皇后的尸体一起送往昌平，葬到田贵妃的墓中。田贵妃是崇祯皇帝最宠爱的妃子，死于

正阳门

在倒霉的崇祯四处逃窜，寻找生路时，看见正阳门的楼上已对李自成的军队挂起了表示投降的白灯笼。

1642午7月，其墓是崇祯皇帝专门为她建造的，规模很大，颇为讲究。在修建此墓的时候崇祯估计怎么也想不到他死后竟也会被葬在这里。

主持崇祯尸体下葬的是昌平州吏赵一桂。据他记载，田贵妃墓的地宫隧道长十三丈五尺，宽一丈，深三丈五尺。地宫分为前后两层，各有考究的石门。第一层是享殿，共三间。殿内陈设各种祭器，正中是石香案，两旁排列着用五色绸缎制作的侍从，宫人。殿内还有几个大红箱，箱内存放着田贵妃生前使用的器物衣服等，中间挂二盏"万年灯"。第二层石门内是安放棺椁的大殿，共九间，内有石床，高一尺五寸，阔一丈，上面安放着贵妃的棺椁。

思陵地宫

　　这里原来是崇祯安葬他的田贵妃的地方，后来，崇祯和周皇后也葬于此。虽然空间足够，但作为一个曾经的天子来说，不能不说委屈了。

　　崇祯皇帝和周皇后的棺材运到昌平之后先停放在祭棚之内，棚内陈设了猪、羊、金银纸扎等祭品，赵一桂和大家一起举哀祭奠。然后，由赵一桂领着夫役进入地宫，将田贵妃的棺椁从石床正中移放到右边，再将周皇后的棺材放到石床左边，最后把崇祯皇帝的棺材安放到石床正中。赵一桂又让人将田贵妃的椁取下，放到崇祯皇帝的棺上，然后点起"万年灯"，关闭石门，结束了安葬活动。

　　崇祯皇帝生前迟迟没有为自己建造陵墓的原因是因为他认为天寿山陵区已无理想的古地，他想建陵于马兰峪，就是后来成为清东陵的地方。可是自他即位以来，国事繁乱，没有时间和精力打理自己后事，死后只好入被送进田妃墓。田妃墓当时尚没建地上享殿。清军入关之后，顺治皇帝是个明白人，他知道清军八旗人再多又怎能和大明朝的众多子民相抗衡呢？为了笼络汉人人心，他一不动明陵，二是尊重汉人的文化和习俗，在葬崇祯的田妃墓的基础上下令以帝后礼重新为崇祯帝后安葬，并改田妃墓为思陵（这个名字就是他起的），而且还为崇祯树碑立传，为他喊冤，这些都反映在思陵的陵园外的一块石碑上。虽然此碑年代已久，字迹很难分辨，但还能明白顺治建它的大致用意就是措辞委婉地大骂了一通明朝大臣，一是骂给明朝旧臣听，另一方面也是提醒满族官员不要重蹈覆辙！于是，田妃墓升格为帝陵，成为明十三陵的最后一陵。

　　毁坏思陵的第二号嫌疑人物就是大明朝的另一个仇敌：大清的皇太极。这个仇人比起李自成更加仇恨大明朝，因为皇太极之父努尔哈赤就是死在大明朝的红衣大炮之下。杀父之仇应该比海深，为了报杀父之仇皇太极每年秋季都要御驾亲征，号令千兵万马与明朝开战，骚扰明朝边境。但无奈大明的山海关是铜墙铁壁，再加上吴三桂这位明末最杰出的大将军镇守此地，山海关简直成了一道无法逾越的铁关。就在李自成攻打北京之时，这位大清皇帝却突然仙逝了……从此时直到李自成看到崇祯吊死景山的那一刻，清军队还在关外。所以，皇太极毁思陵的嫌疑应该排除。

其实，要解开思陵营造和被毁之迷并不难，一切的答案都在这座残破的陵墓中。

思陵在被毁之前还是一个很气派的陵墓。虽然他不是崇祯自己修的，它的配套设施并不比其他明陵差。和其他明陵比起来思陵就是小点，但光建筑就有十座以上，分为围墙，大门，甬道，碑亭，祾恩门，祾恩殿，棂星门，城台明楼，宝城，东西各四间配殿。可惜如今这些建筑早已消失了。在这个不如足球场大的陵墓中映入眼帘的只有荒草和碎石，要想在这里找到一个比较完整的东西已经很难了。

据当地人说,思陵变成今天这样是老天爷的报应。由此可见崇祯真是作孽，生前遭到捉弄，死后老天爷还要整治他一番。当地人说思陵总是遭到雷劈，雷劈时的闪电还相当有威力，像导弹似的，只要击中物体，肯定要给炸个稀烂。不止普通闪电，这里还经常出现球形闪电。据说这种闪电危害最大，它会钻，钻到明楼等处必然引起火灾。从陵园院子里的古松残存的模样就可以

思陵残存的古松

这些被雷击得歪歪斜斜的古松，是思陵倒霉最好的见证。

知道闪电的威力。在当地人嘴里思陵就是被无情的闪电击毁的，还有人甚至说这都是崇祯的报应。因为在同一地区的其他的陵墓为什么能安然无事地度过每一次雷劈，只有思陵被全部毁坏？不管这种说法是不是可信，雷击确实是造成思陵被毁的一大原因。现在院子里已经装上了避雷针，闪电也就无法再次对思陵造成威胁了。

思陵被毁的另一个可能的因素是被盗。这是所有皇陵都难逃的厄运。但既然思陵不是崇祯自己修建，是李自成、顺治先后为他建的，这里面难道也埋有宝贝？说到思陵里有宝那是肯定的。别看崇祯被李自成夺走了大明江山，但再怎么说他也是皇帝，瘦死的骆驼不是比马大吗？而且李自成在埋葬崇祯时说过他要厚葬朱由检。所以崇祯墓里就算东西不多，但也不会太少。民国动荡时期思陵就被山野蟊贼给盗了！也不知道当时崇祯作何感想？估计他都习惯这么倒霉了！而且尤其奇怪的是这十三陵里只有思陵被盗过，其他各陵为什么没有被坏人盯上呢？清东陵还被大肆掠夺过呢。中国自明朝就是偷坟撅墓斩立决！而且那时候明陵看护制度非常严格，又是派太监又是派军队就为了看守这些祖陵。清朝时期对这些明陵也是保护有加，不仅沿用了明朝制度，而且还经常修缮这些明陵。到了民国时期政府也在各陵安排了派出所等保安措施，对它们一直都很照顾。所以思陵没看住是因为这十三座陵墓中思陵最偏远，可能是看守不利。而且民国时期社会动荡，人都吃不饱，谁还有心情去管这个偏远的倒霉皇帝的陵？所以十三陵中只有思陵被盗。但被盗得千疮百孔的思陵并不是全为废物，还是有一件宝贝躲过了浩劫——因为它块头太大，别人搬不动，所以留了下来。

3、思陵的宝贝

走进思陵，如果第一眼看见的是那高高在上的明楼石碑的话，第二眼应该就能看到这件宝贝。它就是祭祀用的石供，也是这座陵墓中保存得最完整的几件东西。几座石雕为何能成为宝物呢？十三陵其他陵墓中也有类似的石供：一个石雕底座，上面摆放着5个供器，称为石五供。思陵的这组石雕与众不同的地方在于它分为前后两套，正面一套最吸引

石五供

这是思陵现在唯一可以称得上宝贝的石五供。

人的就是中间四足两耳的方鼎！鼎的中间雕的是饕餮兽面，威武气派。四足上雕有四狮，雕刻精美，雄浑苍劲。底座繁复多变，但又不抢石鼎的威风，可谓是恰到好处，只中间一物就能让你赞叹不已。石鼎旁边分别是石香炉和石花瓶，雕刻都是苍劲有力，精美绝伦，被保护的相当完好。而且从雕工上看还保留着明代家具线条优美，雄浑大方的特色。在正面石雕之后还有石雕供果五盘，分别是橘子，柿子，石榴，桃和佛手，形象非常逼真，别有风趣。思陵中的十组雕塑就是这样精美绝伦，是其他各陵无法比拟。所以，思陵中的宝物的价值体现在它的雕工上，奇思妙想和繁复程度体现了当时石雕工艺的鼎盛。也许今天已经无人再有如此工艺了吧，说它是宝,一点也不过分！

既然有这么一件宝贝留存，崇祯皇帝的一生还是免不了给人一个倒霉的印象：继承皇位时接手的江山早已千疮百孔，而且又赶上了连年的天灾。好不容易消灭了阉党魏忠贤等上朝余孽，怎奈何又一连遭遇农民的造反，最后清兵开始入侵边关。加上他手下那些大臣没有一个不是腐败无能，贪生怕死！所以他上吊前才感慨：朕再有三头六臂怎奈何得了群臣亡我！朕再勤政怎奈何得了天要忘我大明江山！可以说明朝其他皇帝没赶上的崇祯他都赶上了：被草寇逼得是无路可退，从后门逃出紫禁城。皇上走后门，这可是从没有听说过的，最后还上吊在树上，吊死以后还要背上亡国之君的千古罪名，就连最后的栖息之地也要遭到老天爷的天谴，最后被盗……崇祯皇帝真是历史上少有的一个倒霉皇帝！

大明皇帝之最

在介绍思陵的时候我们提到过崇祯的哥哥，也就是明朝第十五个皇帝，人称木匠皇帝的朱由校。听着就让人觉得奇怪，这皇帝跟木匠有什么关系呢？这朱由校确实是一个好木匠。后人总是这么评说他：凭朱由校的手艺，如果他不是皇帝，那他肯定是天下第一的好木匠！朱由校好打木匠活。据说他经常往民间秘送一些他自己的作品和天下人试比高！人们见到他的作品时无不赞叹工艺之精湛，手艺之完美。按说皇上的工作可不是干木匠活，而是要当好皇上。可朱由校偏偏就不爱做皇帝，他一共7年不上朝！下面我们就借着这朱由校来和大家分享一下明朝16位皇帝中最有性格的几位！

最不务正业的皇帝

他是明朝历史上最不务正业的皇帝，人们称他为天才木匠，7年隐居后宫玩乐，滋养出魏忠贤等阉党孽障，这个历史上最不务正业的皇帝就是朱由校，如今就葬在十三陵里的德陵。

 朱由校档案：

姓名：朱由校

出生日期：1605年11月

属相：蛇

享年：23岁

在位：7年

现居住地：德陵

最得意：不用上朝

最擅长：木匠活

最不幸：溺水身亡

德陵，是明朝第十五位皇帝熹宗朱由校的陵墓。这位皇帝的出现对于明朝的灭亡可是起到了举足轻重的作用。进到德陵给人的唯一感觉就是静，静的出奇。明朝唯一一个贪玩，最后还能玩出点模样的皇帝就躺在这静寂的园林里。

德陵

历史上最优秀的木匠皇帝现在就常驻在这里。一个整天不上朝，只想着钻研木工活的皇帝死后的坟墓叫"德陵"，不知道这"德"在何方？现在人们来到这里，想起他的失政带来的魏阉专权就觉得这"德"字取得很滑稽。

大明十二陵（上）
四海漫游 大明皇帝之城 庆游

1、宫廷斗争的牺牲品

早在万历年间，朱由校的父亲朱常洛不为其祖父明神宗所喜欢，他这个皇孙自然也在明神宗的视野以外。直到明神宗临死，他才被册立为皇太孙，有了出阁读书的机会。没想到他的父亲登基一个月就撒手西去，连册立他为皇太子都没来得及，更别提读书的事情了。朱由校即位时刚16岁，在此之前的岁月中，他的父亲朱常洛作为太子就没有受到应有的教育，作为太子的长子，他所受的教育当然更逊一筹。明清史专家说："熹宗为至愚至昧之童蒙。"有人甚至认为熹宗是"文盲儿子"，"一字不识，不知国事。"

别看朱由校的皇帝名号子承父业，顺其自然的得到了，但真的要坐上皇帝宝座还颇费了一番周折。

朱由校的生母王才人因为儿子，虽位尊于朱常洛的一个妃子李选侍之上，但因李选侍受宠，她备受李选侍凌辱而致死。临终前遗言："我与西李（即李选侍）有仇，负恨难伸"。 李选侍自己生过一个儿

朱由校像

朱由校

朱由校是一个在内宫权力斗争中做了牺牲品的人，为此，他没有得到作为一个皇帝正常的教育，他的心理甚至已遭到扭曲——他胆怯，懦弱。或许，在最终做了皇帝以后成天沉湎于木匠活对于他就是一种对纷扰现实的逃避？世间的喧杂和精心制作一件木工活比起来，后者更能让他感到安静，舒心。

子，早夭了，于是朱常洛为了照顾她，在王才人死后就把儿子朱由校交给她带。李选侍于是就把对王才人的忌恨转到朱由校身上，朱由校从小就受李选侍的"侮慢凌虐"，终日涕泣，形成了惧怕李选侍的软弱性格。

朱常洛即位后，朱由校与李选侍一起迁住乾清宫。一月后，朱常洛驾崩，李选侍控制了乾清宫，与太监李进忠（魏忠贤）密谋挟持朱由校，欲争当皇太后以把持朝政，此举引起朝臣的极力反对。

朱常洛驾崩当日，杨涟、刘一燝等朝臣即直奔乾清宫，要求哭临朱常洛，请见皇长子朱由校，商谈即位之事，但受到李选侍的阻拦。幸亏太监王安从大局出发，将皇子骗了出来，交给了群臣。杨涟、刘一燝等见到朱由校即叩首山呼万岁，并保护朱由校离开乾清宫，到文华殿接受群臣的礼拜，决定以本月六日举行登极大典。为了朱由校的安全，诸大臣暂将他安排在太子宫居住，由太监王安负责保护。

李选侍挟持朱由校的目的落空，又提出凡大臣章奏，先交由她过目，然后再交朱由校，朝臣们强烈反对。朝臣们要求李选侍移出乾清宫，迁居哕鸾宫，遭李选侍拒绝。李选侍又要求先封自己为皇太后，然后令朱由校即位，亦遭大臣们的拒绝。矛盾日渐激化，朱由校御乾清宫登极大典日期迫近。至初五日，李选侍尚未有移宫之意，并传闻还要继续延期移出乾清宫。内阁诸大臣站在乾清宫门外，迫促李选侍移出。朱由校的东宫伴读太监王安也在乾清宫内力驱，李选侍万般无奈，怀抱所生八公主，仓促离开乾清宫，移居仁寿宫内的哕鸾宫。九月六日，朱由校御奉天门，即皇帝位，改明年为天启元年。至此，李选侍争当皇太后、把持朝政的企图终成画饼。

李选侍虽已"移宫"，但斗争并未结束。"移宫"数日，哕鸾宫失火，经奋力抢救，才将李选侍母女救出。反对移宫的官员散发谣言：选侍投缳，其女投井，并说"皇八妹入井谁怜，未亡人雉经莫诉"，指责朱由校违背孝悌之道。朱由校在杨涟等人的支持下批驳了这些谣传，指出"朕令停选侍封号，以慰圣母在天之灵。厚养选侍及皇八妹，以遵皇考之意。尔诸臣可以仰体朕心矣"。

2．客魏专政

朱由校即位之初，东林党势力较大，公正盈朝。杨涟、左光斗、赵南星、高攀龙等，许多正直之士在朝中担任重要职务，方从哲等奸臣已逐渐被排挤出去，吏制稍显清明。由于杨涟等人在帮助朱由校即位时多加尽力，因此，朱由校对这些东林党人也是非常信任，言听计从。

不过，尽管群臣能治外，但是管不了皇帝家里的事。在后宫之中，两颗毒瘤正在悄悄的生长。这两个毒瘤就是魏忠贤与客氏。魏忠贤大字不识，却善于钻营，很快攀上了大太监王安的关系，地位直线上升。客氏本为保定府定兴县民侯二之妻，万历中被选入宫哺育皇长孙朱由校。仗着自己是当今皇帝的乳母在宫中肆淫横行，后妃多遭其毒手。客魏两人很快结成了同盟，成为了后宫不可一世的力量。王安等太监在后宫也逐渐被排挤，客魏权利覆盖了整个后宫。但魏忠贤并不满足，决心成为权倾朝野，名副其实的大太监。

为了达到这个险恶的用心，魏忠贤一方面引诱朱由校玩乐，使他整日沉浸在木工活之中。朱由校在木匠工艺上确实有天分，曾制成一座乾清宫的模型和蹴圆堂模型五间，都小巧玲珑，十分精致，因此将国家大事抛在脑后不顾，成了名副其实的木匠皇帝；另一方面，魏忠贤与朝堂上的一些文臣如崔呈秀之流相勾结，排挤东林党人，逐渐掌握了内阁、六部。在有奏折的时候魏忠贤常常趁朱由校专心制作木器时呈上，朱由校这时完全沉浸在他的木工活里，心里哪还有什么江山社稷？他总厌烦地说："朕知道了，你去照章办理就是了。"魏忠贤要的就是这个回答。他轻而易举地一手把持了朝政，滥行赐赏，大施刑罚，造成宦官专

乾清宫

　　朱由校曾制作过一座乾清宫的模型送到民间去和高手一比高低，高手们赞叹不已，没有人想到当今圣上会有此手艺，朱由校从此更加专心于他的木工事业。

政。凡正直的大臣，都被以东林党的罪名惨遭横祸。东林党人被贬、被杀不计其数，其中最著名的当属杨涟、左光斗为首的东林六君子。他们为了能够搬倒魏党，作了很多努力，尽管他们有的已经告老，有的还在任上，后来均被魏忠贤先后投入监狱，尝尽了人间酷刑，最后惨遭杀害，却始终没有向阉党屈膝，不仅为一代文人的表率，也被百姓传为佳话。

魏忠贤不仅残酷地排除异己，而且加深了对百姓的盘剥，使得民不聊生，政治极度黑暗。不久，国内爆发了明末农民起义，山海关外，后金政权又步步进逼，使大明王朝面临灾难。

3、一波三折修德陵

就在整个大明王朝风雨飘摇的时候，一手制造了客魏专政的朱由校还在后宫玩乐。在盛夏季节，他喜欢穿上冬装，模仿明太祖雪夜戎装巡游，有时扮成宋太祖上台演戏，游山玩水。因嬉乐过度，面无血色，虚弱乏力。

公元1627年，朱由校在宫中西苑乘船游玩时，不小心跌入水中，虽被人救起，但落下了病根。多方医治无效，尚书霍维华进献一种"仙药"名叫灵露饮，说服后能立竿见影，健身长寿。朱由校依言饮用，果然清甜可口，便日日服用。饮用几个月后，竟得了臌胀病，逐渐浑身水肿，卧床不起，8月乙卯日一命呜呼，终年二十三岁。他唯一的弟弟

西苑

朱由校就是在这里游玩时不小心落水，开始踏上他的黄泉之旅，最后给他的木匠皇帝生涯画上了句点。

德陵明楼

虽说崇祯费了九牛二虎之力才勉强把德陵修完，单看这明楼还是很气派的。当年崇祯为此的焦头烂额早已经被烟消云散了。

信王朱有检就这样阴错阳差成了当时全球最多子民的大明朝的皇上。临死前他拉着弟弟的手说：你要当尧舜之君，大明江山就托付给你了。魏忠贤是个好同志，朕走后你们要善待他……1627年8月是一个炎热的夏天，朱由校在这个季节升天，他的德陵在同一年开始修建。

朱由校到死都不知道魏客专政给中国带来的伤害。他一手制造了一个烂摊子，然后把承担这个烂摊子的责任交给他的弟弟，倒霉的崇祯皇帝就这样接下一个千疮百孔的国家。这个国家民不聊生，国库空虚，差点凑不出建德陵的钱。国库账户为这个工程当时只能拿出50万两银子。可工部给崇祯算了笔账：长陵，定陵等修建花费都在800万两银子，这德陵就算再省也要100万两。崇祯听了差点没背过气去。朕只有50万两，先拿去修主要建筑吧。剩下的银子朕再想办法。倒霉的崇祯为这笔钱可是焦头烂额，按理说堂堂一个皇帝，自然不应该为钱低声下气，崇祯却为了修德陵除了低声下气别无他法。上到王公大臣，下到幼儿园小朋友都成了他的救星，在大家的帮助下才把建陵的钱给凑个大概齐。可等钱凑齐了，工部又来报：皇上，咱们没材料了，石头，木材都匮乏。最后是众大臣出主意把修紫禁城剩余的石料和木料都运往德陵，还有把魏忠贤老贼的什么祠堂给拆了，材料一并发德陵这才差不多把修德陵的材料凑够。听说德陵得用魏忠贤祠堂的材料，因为这个老贼名声太坏，崇祯琢磨了半天还是决定不用他的东西。又花了一段时间把材料凑齐，结果还是不能建！因为人手又不够了……就这样，小小一座德陵花费了5年的时间才修建完工，同时德陵也就成了明朝修建的最后一座皇陵，第十二陵。

命最短的皇帝

1、坎坷的皇帝之路

朱常洛，木匠皇帝朱由检的父亲。他是明朝历史上皇命最短的一位，在位只有1个月。他的死至今仍是一个悬而未决之迷。

朱常洛命不好，出生后就是个病秧子，整天闹病。他能活到当皇帝的那天简直就是奇迹。但是他这一生，好像只为了能当上皇帝就可以了，在位一个月就病死了。他的死亡和明朝的至今未解的三大疑案有着密不可分的关系。

朱常洛档案：

姓名:朱常洛

出生日期:1582年8月11日

属相:马

享年:39

在位:一个月

现居住地:庆陵

最得意:当上皇帝

最擅长:中庸

最不幸:体弱多病

朱常洛生于万历十年（1582年），生母恭妃王氏原为慈圣皇太后的宫女。他的身世和父亲明神宗差不多，都是父皇偶然临幸宫女而生，不过虽然都是临幸，明穆宗要比明神宗负责任，明神宗认为这个皇子的出生是他的一件丑事，这一观念持续了三十九年，直到明神宗去世，因此朱常洛一生得不到父爱。明神宗宠爱的是郑贵妃，一心想着将郑贵妃的儿子福王朱常洵（后被李自成的农民军所杀）立为皇子。他先是违反了古制册封郑氏为贵妃，而没有册封长子的母亲。不久又提出了三王并封的主意，将众皇子都封为王以降低长子的地位，最后这一提议为朝臣所阻没有成功。在朱常洛和朱常洵两人择一而立的问题上，皇帝和大臣争夺不下，拖延了10余年，直至万历二十九年（1601年），在朝臣的极力谏争和慈圣皇太后的支持下，朱常洛才被册立为皇太子。这一事件，史称为"国本之争"。

朱常洛

朱常洛是明代传奇色彩最浓的一位皇帝，明宫三大疑案都与他有关。早年得不到父亲的喜欢，他的位置曾一度岌岌可危。苦熬了三十九年之后，终于坐上了大位。但，仅做了一个月的皇帝就莫名其妙地死了。

朱常洛当上太子后，朝内党争和宫闱纠纷始终都在威胁着他太子的地位。好在朱常洛各方面的表现中规中矩，让明神宗无话可说。

就在太子之位渐渐稳定的时候，宫中却发生了"梃击案"。万历四十三年（1615年），蓟州（今天津市蓟县）男子张差持梃闯入太子居住的慈庆宫，准备行刺，被宫门太监抓住后，他先是装疯，后又供认是郑贵妃手下的太监庞保、刘成所指使并引入太子寝宫。时人也毫不怀疑这是郑贵妃为了要让其子登上太子位置而欲谋害朱常洛，朝议沸腾。神宗和太子都不愿追究，仅以疯癫奸徒的罪名杀了张差，杖死了庞保、刘成，将此案草草了结。不过究竟此案是否为郑贵妃指使，没有定论。此案成为了明宫三大案之一。

慈庆宫

当年的"梃击案"就发生在这里。一个远在天津的农民，竟能持梃闯入大内，直达太子的处所，这其中的蹊跷已成了千古之谜。

2、"红丸案"

公元1620年(万历48年)8月明神宗病逝，朱常洛于同月丙午日继位。改年号为"泰昌"。

朱常洛自幼不得其父喜爱，13岁才出阁读书，又长期辍读，经历坎坷。即位前的几十年中，他孤僻、压抑，遂沉湎酒色，恣情纵欲，这无疑影响到他的身体健康状况。朱常洛即位后，颇具心计的郑贵妃为保全自己，取悦新帝，从侍女中挑选了8名能弹会唱的美姬进献给他。郑贵妃又竭力笼络他的宠妃李选侍，二人谋合，以为以此美人计讨好朱常洛就可能实现她们皇太后和皇后的美梦。

但是贪婪酒色的朱常洛纳8姬后，本已虚弱的身体，不几日更是"圣容顿减"，"病体由是大剧"。于是司礼监秉笔、掌管御药房的原郑贵妃宫中的内医崔文升入诊帝疾，他本应用培元固本之药，却反用去热通利之药，使朱常洛腹泻不止，一日一夜竟腹泻达43次！什么人也

大明十三陵（上）
四海漫游·大明皇帝之最·定陵

庆陵

庆陵原为景泰帝朱祁钰为自己修建的陵墓，后来夺门之变让他丧失了进驻十三陵的资格。一百多年后，由于朱常洛死的突然，加之国力空虚，于是，建陵的时候也来不及选吉壤、卜寿陵，只得采用了景泰帝的寿陵陵址，把已经被废弃了160多年的朱祁钰的陵重新改建，这就是今天的庆陵。

禁不起这种折磨，朱常洛日益委顿不堪。崔文升的进药引起朝臣的惊诧，舆论认为崔文升进药是受郑贵妃指使，欲置皇上于死地。此后鸿胪寺丞李可灼又自称有仙丹妙药可治帝疾，对其药大臣们多不主张皇帝服用。但朱常洛惧怕死亡，决计服用。初服一丸，四肢和暖，思进饮食。再进一丸，于次日凌晨即亡。此药为红色，称"红丸"，以铅为主，以参茸为副，两丸服下，本已元气大伤的皇上元气提出，成为脱症。

大臣们联想到梃击案以来的风波，不禁疑窦丛生，所谓"张差之棍不灵，则投以丽色之钊；崔文升之泄不逮，则促以李可灼之丸"，这一系列事件岂非不是有目的地陷害皇帝吗！继泰昌帝而后新登极的天启皇帝朱由校迫于舆论压力，罢免未力阻李可灼进药的内阁首辅方从哲，将崔文升发配南京，李可灼充军，此案草草收场。但朱常洛之死究系何因，始终未解，"红丸案"成为明宫疑案之一。

朱常洛做皇帝仅一个月，史称"一月天子"。此时万历帝尸棺尚未埋葬，朱常骆由于死的突然，之前没有准备陵墓，只好在一座皇室废弃的旧陵的基础上修建了一座新陵墓，就是十三陵中的庆陵。这位朱常洛糊糊涂涂走完了自己短暂的一生，只当了一个月的皇帝，死后还要住上一座二手房，真够惨淡。

↘ 朱厚照档案:

　　姓名:朱厚照
　　出生日期:1491年9月24日
　　享年:30岁
　　在位:16年
　　现居住地:康陵
　　最得意:想干吗干吗
　　最擅长:打仗
　　最不幸:死在一个"色"字上

　　康陵是十三座陵墓中最为不起眼的一座。因为它的交通闭塞如今你想找到它必须得有当地人的带领,否则难觅其踪。康陵非常幽静,院子内种了很多泡桐树,这样密集的泡桐树比其他各陵更显几分优美。

康陵全景

　　康陵所在的金岭山,又名莲花山,俗称"恋花山"。这个名字对照朱厚照的一生很有意味。生前喜欢寻花问柳,死后还要"恋花山",真是莫大的讽刺。

1、年少显露帝王风度

明代十六帝中只有朱厚照一人是真正以嫡长子的身份登临大位的。从他一出生就注定要做皇帝，他的父亲孝宗欣喜异常，取其名为朱厚照，希望他以后能照耀后世。5个月后就将其册封为皇太子。

孝宗和他的夫人，也就是朱厚照的母亲张皇后的感情非常好，一直以来没有选嫔妃，只有5个级别很低的夫人，这在明代皇帝中是绝无仅有的。张皇后婚后4年没有生育，当时朝臣上书请求选置嫔妃，孝宗并不理会。当然孝宗不选妃还有另外一种说法认为张皇后是个醋坛子，不允许孝宗在她之外再宠幸其他的女人。

几年后，张皇后又生了一个儿子，取名朱厚炜，只是不久就夭折了。这样，孝宗就只有朱厚照这么一个皇子，因此非常宠爱。

据史书记载，朱厚照相貌奇伟，面质如玉，容光焕发，年少时便已举止异常，大有帝王风度。8岁时，在大臣的请求下，朱厚照正式出阁读书，接受严格的教育，朱厚照很快又显示出他超凡脱俗的聪颖。据说前天讲官所授之书次日他便能掩卷背诵。数月之间，他就将宫廷内繁琐的礼节了然于胸。孝宗几次前来问视学业，他率领官僚趋走迎送，娴于礼节。孝宗和大臣们都相信，眼前的这位皇太子将来会成为一代贤明之君。

朱厚照从小就好动，他

朱厚照

相貌堂堂的朱厚照原来可以成为一代明君，但他恰恰相反，如果要评选历史上最最荒淫无耻的皇帝，怎么说他也会进入前几名。

老爸孝宗皇帝为了给他培养成先帝朱元璋那样的文韬武略比较放纵他的练武习气。于是这小子天天骑马射箭，都玩疯了，最后学业也荒废了。所以直到孝宗皇帝死的那天也没把这个儿子管教好。就这样，朱厚照突然不能骑马,改骑龙椅了。

2、紫禁城改集市

朱厚照即位时只有15岁，本应得良臣忠侍辅佐，但是他却没有。在他的身边，很早就出现了所谓的"八虎"——八个成天尽哄着朱厚照玩的太监。以刘瑾为首的这"八虎"为了巴结日后的新皇帝，每天都进一

紫禁城

这儿曾经是万民景仰之地——天朝大国的中心。它的权势带来它的威严，它的持重，它的高高在上。可当朱厚照成了这儿的主人，他把这高高在上的地方一把拉下神坛，这儿有了妓院，集市。欣赏的人认为他叛逆，反对的人会认为荒谬。叛逆也罢，荒谬也罢，朱厚照这么做的最大的意义就在于告诉人们：大明，已经不久了。

些奇特的玩具，还经常组织各式各样的演出，各种体育活动，以致当时的东宫被人们戏称为百戏场。试想年幼的朱厚照如何能抵御这些东西的诱惑？于是就沉溺于其中，而且终其一生没有自拔，学业和政事当然也就荒废了。

此外，刘瑾等人还经常把他偷偷带到宫外游玩。一来二去，这位小皇帝朱厚照就对京城的集市和做生意的着了迷！于是他让刘瑾安排在紫禁城里搭棚子摆摊儿！让群臣扮演做生意的和买东西的，他看着这一切就觉得快乐。渐渐，他又觉得看别人卖东西不过瘾，他索性开起了自己的铺子。一国之君在皇宫里开起了小卖部，这是他人生中的第一件最无厘头的事情。

后来，他玩得越来越离谱，紫禁城里又出现了模仿的妓院。让许多宫女扮做粉头，他挨家进去听曲、淫乐。后宫搞的乌烟瘴气，可急坏了当朝的大臣们。

二十岁的时候朱厚照看到身边的太监都有干儿子，就想着给人家当干爹，结果他一口气收了127名军官做自己的干儿子。为了让这些干儿子有点事做他经常把他们集合起来分成两队人马玩打仗的游戏，三天两头搞得京城鸡飞狗跳。

3、豹房淫乐

朱厚照长大了，该娶媳妇了。应该说长大了该懂事一点了，恰恰相反，他一点没懂事反而更无厘头！他先后娶的几个媳妇其实都是一帮老臣给他挑的，朱厚照一个没看上，但也硬着头皮把婚结了。婚后朱厚照非常郁闷，因为这些老婆他一个也不喜欢。于是他就在今天东华门附近自己建了一豹房。所谓豹房说白了就是古代的动物园，养珍禽异兽的地方！但朱厚照不只在里面养动物，他还养了无数女人！从此，这位20多岁的皇帝就在这座豹房内开始了他的淫乱生活。

不久，豹房没有新鲜感了，朱厚照决定走出象牙塔，深入民间体验生活。一想到有无数美女正在民间的某个角落等待他的光临，朱厚照就兴奋得直流口水。于是，在一个秋天的深夜，他换上老百姓的服装，带上几个随从，悄悄溜出皇宫，租了一辆马车直奔关外。

结果他还真的遇到一个民间美女。按理说，作为天子，天下美女应有尽有，本不值得珍惜。但是朱厚照这一次再次显示了他的与众不同：在如愿以后他没有把对方弃之如草鞋。朱厚照是一个厚道的人，他把这个美女带回了紫禁城，让她成了他众多情人中的一个。

4、朱大将军出征

有一天边关送来八百里加急：蒙古小王子率大军前来攻打我边城宣俯，也就是今天的河北宣化！朝中大臣一听就吓得什么似的，但朱厚照并没有着急，当天他想法把这事给压下去了。第二天，一个姓朱，叫朱授的新任命的大将军带领五万人马前往边关打仗去了。这一路上大家就想：这么一个嘴上连毛还没长齐的大将军行吗？是不是朝廷中没人了！？部队刚到边关朱授马上排兵布阵，开始和蒙古小王子交战。打了一会儿明军就被蒙古军队包围了，就在千钧一发之际，朱授带领一队人马就冲进了战场为明军解了围，而且还力挽狂澜，把蒙古小王子打了个屁滚尿流。在这场勇敢的战斗中这个朱授还亲手杀敌一名！

这下朱授得到了所有士兵及军官的认可，对他崇拜得不行！这次战役史称"应州大捷"。这个朱授是谁？其实朱授就是化名的朱厚照本人！这事听起来有点神。一个如此荒淫和无厘头的皇帝居然能带兵打仗？！其实这个功劳要算在他老爸孝宗皇帝头上。都是因为他从小让儿子习武学兵法，没想长大还真有用场。而且这位"朱大将军"作战时与兵同吃同睡，并肩作战，可谓是史无前例的皇上。群臣知道此事后无不张口结舌，不知道应该高兴呢，还是应该后怕？很有一些人对他刮目相看，但几天后朱厚照无厘头的老毛病

康陵被焚烧过的明楼

李自成进京时，放火纵烧明陵，康陵烧得很惨。清初重修过，后来又失过火。现在明楼顶上还堆放的就是当时烧剩下来的残木。最惨的还不止于此，康陵整个陵寝位于众山环抱之中，就像处于井底，常年难见阳光，因此这块地方并不适合作帝王的陵寝。"朱大将军"大概生前玩得太尽兴，不仅疏忽了江山社稷，也疏忽了自己的身后事。

又犯了！他回朝后大肆表彰"朱大将军"，还封自己为"总督军务威武大将军总兵官"，后加封为"镇国公"。这皇上要多荒唐就有多荒唐。

朱厚照一天到晚都在玩，朝政荒废了。于是宁王朱宸濠妄图效仿永乐帝趁朱厚照荒于政事秘密准备叛乱。正德十四年朱宸濠扯旗造反。朱厚照皇帝并未因此而着急，因为这正好给了他一个打仗的机会。于是他打起了威武大将军朱授的旗号，率兵出征。谁知行到半路御使王守仁平定了叛乱，但这个消息丝毫没有降低朱厚照的兴致，他又一手导演了一幕闹剧：他将朱宸濠重新释放，由自己亲自再将他抓获，然后大摆庆宫宴，庆祝自己平叛的胜利。

战争没有了，朱厚照又开始了他的淫乱生活史。但是时间长了也没意思了，他突然想去江南游玩。到了一处南方水乡，看见到处都是鱼摆摆，立刻童心大发，想亲自动手丰衣足食，结果不慎掉进水里。朱厚照喜欢玩，这一次玩大了，虽然他被救了上来，却一病不起，而且没过多久就撒手西去。

一心修仙的皇帝

1、血染左顺门

朱厚照死了，由于自己不积德没有留下一个子嗣。按照祖宗的指示，没有自己的儿女就只能是兄终弟及了！于是朝廷大老远从湖北把朱厚照叔叔的儿子给拉来做了皇上。就这样,北京城多了一个湖北籍的皇帝，朱厚熜。

朱厚熜是兴王朱佑杬的独子。幼时聪敏，兴王亲授书史，通《孝经》、《大学》及修身齐家治国之道，重礼节，遇事有主见。在朱厚熜由湖北进京的时候，未即位就与朝臣们就迎接的礼仪发生了争执，结果以朝臣的妥协告终。紧接着，他的的生母进京又发生了类似的事情，最后朝臣

朱厚熜

在明朝的十六位皇帝中，朱厚熜的权术也许不及朱元璋，荒唐不及朱厚照，残忍不及朱棣，可是，荒唐、自大、残忍以及喜欢玩弄权术，都交集于他的身上。

又做了让步。这一切都是因为他是从外藩即皇位，是以养子的身份继承大统，导致他对自己做皇帝的正当性斤斤计较，对自己作为一个正当，合法的皇帝应该享有的礼仪关怀备至。稍有疏忽仿佛就削弱了自己的合法性，让人觉得是一个冒牌货。顺理成章地，在他即位后他又要求追封自己的亲生父亲为皇帝。如果前两次争执标榜尊崇先师孔子礼教的大臣们还可以勉强妥协的话，这一次，要让他们妥协就不是那么简单了。这就是明史上有名的"大礼仪"之争。

开始众大臣表现的空前团结，反对的奏章压的朱厚熜喘不过气来。就在他准备让步的时候，一个叫张璁的人站了出来帮了他一个忙，张璁写了一篇文章，为嘉靖皇帝追封自己的父母找了许多理论依据，而且引经据典批驳了群臣的观点。朱厚熜看后深受鼓舞，张璁也得以加官进爵。朝廷由此分裂为两派：以张璁为首的仪礼派，另一派即是护礼派。由于朱厚熜的支持，议礼派的队伍也在不断扩大，双方的斗争也日趋激烈。由于议礼派逐渐占据上风，护礼派群臣决定集体向皇帝进谏，于是包括九卿二十三人，翰林二十人，给事中二十一人，御使三十人等共二百余人的庞大队伍，集体跪在左顺门外，哭声、喊声震天。朱厚熜丧心病狂地派人将为首的几为大臣押入监狱。群臣情绪更加激愤，左顺门前出现骚动，朱厚熜杀心顿起，将一百三十四人逮捕，八十六人待罪。一时间锦衣卫从四面八方围来，左顺门前血迹斑斑，这就是史书上所谓"血染左顺门"。左顺门事件以皇帝的胜利，护礼诸臣的失败告终，嘉靖帝终于如愿违背祖制将父亲追尊为睿宗，并将神主入太庙，跻在朱厚照之上。这次事件致使许多正直的大臣或死或引退，而佞臣却乘机窃取了朝政大权，使弊政重兴。但是通过这件事，朱厚熜不仅实现了追封自己父亲为皇帝的愿望，而且树立了自己作为新皇的威信，开始了他的专制统治。

2、壬寅宫变

即位之初朱厚熜还是比较勤政的，除采取了历代新君例行的大赦、

SI HAI MAN YOU
BEI JING PIAN

蠲免、减贡、赈灾等措施外，还扭转了长久以来形成的内监擅权、败坏朝政的局面，并曾下令清理庄田，"不问皇亲势要，凡系冒滥请乞及额外多占者悉还之于民"等。但这种善政并没有保持多久，因为他很快迷上了道教，整天想发明什么长生不老的仙丹。还没有登上大位之前朱厚熜就喜欢炼丹修仙，把自己大半心思都花在了钻研如何成仙上。称帝之后仍旧一心追求长生不死。于是，他广征道士、方士之流，在宫廷中搞起了斋醮，并不断扩大规模，耗费巨资。此外，他还是好色之徒，多次令礼部派员在京城、南京、山东、河南等地挑选民间女子进宫，每一次都是上千人。选这么多的女孩入宫，一是准备用以炼制"元性纯红丹"，二是供他淫乐纵欲。这些进宫的女子，只有少数有封号，绝大多数既被世宗淫乐，又被奴役，饱经摧残。更让人难以忍受的，这些女孩很多都成了他研制的仙丹的试验品。每次他制作了仙丹，他自己怕死，不敢吃，宫里那么多宫女就有了用场。仙丹跟毒药似的每天至少放倒三四个！宫女们怨声载道。她们不仅需要清早起来为他去采炼丹需要的露，采露工作非常辛苦不说，还要做他的仙丹的试验品。宫女们实在忍受不了这惨无人道的暴君，决定杀死朱厚熜，反正也活不了了，不如给这皇帝弄

永陵明楼

永陵的明楼是十三陵里保存最为完整的。墙垛为花斑石砌造，斗拱，飞椽，额枋都为石雕，宝城垛口和两侧通道也用石砌。

死再说！省得他再祸害人！

公元1542年12月21日深夜，以杨金英为首的宫女们趁嘉靖皇帝熟睡之时，潜入他的寝室，众人按住嘉靖皇帝，用绳子勒住他的脖子。眼看就要大功告成，由于紧张宫女将绳子系成了死扣，怎么也收不紧。这时被一个婢女发现，跑出去报告皇后，皇后马上领人来救驾。嘉靖皇帝大难不死，逃过了一劫。可宫女们的下场就惨了。所有参与者全部被捕，几天后被凌迟处死。就这样1542年的这场轰轰烈烈的宫变凄惨的结束了，史称"壬寅宫变"。

3、海瑞冒死上疏

自从迷上道教后朱厚熜就不思朝政，把权利给了亲信大臣。大臣们还算敬业，每天奏折不短，朱厚熜也就哼哈了事，基本上是不同意也不反对。导致奸臣严嵩专政。严嵩因为善于写青词——道教仪式中向上天祷告的词文，善于揣测皇帝的心思，因此尽管嘉靖皇帝对严嵩的贪赃枉法了然于心，可就是不舍得处理他。严嵩得以主持朝政，自己则深居皇宫专心于成仙修道。在他在位的四十五年间，他竟然有二十多年不上朝理事，由严嵩擅权达十七年之久。严嵩立朋党，除异己，造成兵备废弛，财政拮据。倭寇扰掠东南沿海，蒙古鞑靼贵族大举入掠京畿，农民起义频繁，即使涌现了像戚继光、于大猷等著名抗倭将领，也不能抵消朱厚熜的过失。社会危机日益加深。

这时，有个原淳安知县叫海瑞，被升任户部主事不久就看见皇帝深居在西苑，专心致志地设圪求福，不理朝政，朝廷大臣没有人敢说。嘉靖四十五年二月，海瑞单独上疏，直言：……天下，是陛下的家。人没有不顾自己家的，内外臣工都是使陛下的家奠基的如同磐石一样的人。一心一意学道修行，是陛下的心受了迷惑……斋醮的目的是为了追求长生不老。自古圣贤留给后人的训条，修身立命的说法叫"顺理而行，所接受的便是正命"了，没有听说过所谓长生不老的说法……陛下的确知道斋醮没有好处，一旦翻然改悔，每天临朝听

湖北元佑宫

　　朱厚熜的出生据说与此道观有关。也是据说，有一天，他的父亲兴王与元佑道人在此下棋意正浓时，突然发现元佑道人不见了。兴王很是奇怪，在元佑殿内四处寻找。这时，元佑道人的小徒弟传来讣告："师傅，元佑道人坐化了"。正当他十分震惊的时候，兴王府的宫女传来喜讯"世子降生了"。并说娘娘在分娩前梦见元佑道人来到王府内宫投入她的怀中，同时伴有红光满室的祥瑞之兆。元佑道人遁去与蒋氏分娩为同一时刻，使得兴王更认为朱厚熜是元佑道人投胎转世的。就因了这个传奇的出生，不难想像为什么朱厚熜当了皇帝后会二十年不理朝政，一心信道。

政，和宰相、侍从、言官等人，讲论天下利害，雪洗数十年以来的积误，置身在唐尧、虞舜、大禹、商汤、周文王、周武王圣贤君主的行列，使诸臣也得以自己洗净数十年阿谀奉承君主的耻辱，置身于皋陶、夔龙、伊尹、傅说贤明辅臣的行列中，天下有什么忧虑不能治，万事有什么忧虑不能理……

　　朱厚熜读了海瑞上疏，十分愤怒。把上疏扔在地上，对左右说："胆大妄为如是，还不赶快把他给我逮起来。"身旁的宦官黄锦答说："听说他上疏时，自己知道冒犯会死，故已经买了一副棺材，和妻子诀别，在家里等着听候治罪。"朱厚熜听了无言以对。对一个已经准备去死的人，死对他既已不构成威胁，朱厚熜就不知道该怎么做了。不过他的心里开始对这个人刮目相看，觉得这个上疏说得不是没有道理。过了一会又读海瑞上疏。从此以后，把上疏留在宫中数月，每天反复读了多次。一天，再一次读过以后说："这个人可和比干相比，但朕不是商纣王。"由此可见，上疏虽然没有被朱厚熜采纳，但促使他反思，他甚至有一天想到了效法尧舜禅让，把皇位让出来，这样自己既能继续修炼成仙，也不荒芜国家朝政。可惜，这样的反省没能持续多久。朱厚熜因为长期迷恋神仙之道，情绪反反复复，一会儿他可能想效法尧舜，一会儿就极有可能是严惩海瑞。一天，朱厚熜心情闷郁不高兴，就对阁臣徐阶说："海瑞所说的都对，朕现在病了很长时间，怎能临朝听政。"紧接着又说："朕确实不自谨，导致现在身体多病。如果朕能够在便殿议政，能遭受这个人的责备辱骂呢？"遂逮捕海瑞关进诏狱，追究主使的人。不久移交给刑部，判处死刑。但狱词送上后被留在宫中不发布。可见朱厚熜的情绪反反复复，自己都不知海瑞是该杀还是该留？户部司务何以尚见此揣摩皇帝没有杀死海瑞的心意，想给皇上一个台阶，就上疏陈请将海瑞释放。哪知朱厚

海瑞

海瑞（公元1514-1587年），自号刚峰，生性峭直严厉，不肯阿上，又清苦自律，力摧豪强。曾经三次丢官，一度入狱。最严重的一次就是冒死上疏朱厚熜，切中时弊。朱厚熜死后，他再次出山，但不肯迎合上官让当时的宰相张居正暗怀嫉妒，被第二次排挤出朝廷，回乡闲居十六年后，再一次复出，当时他已72岁高龄，两年以后，死于任上。

熄大怒，命锦衣卫杖责一百，关进诏狱，昼夜用刑审问。过了两个月，朱厚熜就死了，提牢主事听说了这个情况，认为海瑞不仅会释放而且会被任用，就办了酒菜来款待海瑞。海瑞看见酒菜，以为自己就要被押赴西市斩首，恣情吃喝，不管别的。主事因此附在他耳边悄悄说："皇帝已经死了，先生现在即将出狱受重用了。"海瑞说："确实吗？"主事毫不迟疑地点点头，海瑞随即悲痛大哭，把刚才吃的东西全部吐了出来，晕倒在地，一夜哭声不断。不久被释放出狱，官复原职，不久改任兵部。提拔为尚宝丞，调任大理。

朱厚熜的死因很明显，就是因为长期服用丹药，身体里毒素越积越多。神仙没有做成，反倒送了命，死后被葬在了永陵。他的皇位传给了他的第三个儿子裕王朱载垕。

最痴情的皇帝

说了这么多皇帝，让人感觉明朝的皇帝全是不着四六的人。难道明朝没有个明君吗？明君每朝都有，只是比较稀有。在明朝这么多昏君中无厘头皇帝朱厚照他爹朱祐樘就可以算得上一个明君。如今他就住在十三陵中的泰陵。

1、坎坷的童年

朱祐樘的童年非常的坎坷不幸。他的生母纪氏是广西纪姓土司的女儿，纪姓叛乱平息后，少女纪氏被俘入宫中，派充到内廷书室看护藏书。一次宪宗偶尔经过书室，见纪氏美貌聪敏，就临幸了她。纪氏怀孕。当时宫中最受宠的是年长宪宗17岁的万贵妃，她恃宠而骄，为所欲为，将所有妃嫔视为眼中钉。万贵妃得知纪氏怀孕后，命令一宫女为纪氏堕胎。该宫女心生恻隐，不忍下毒手，便谎报说纪氏是"病痞"，并未怀孕。万贵妃仍不放心，下令将纪氏贬居冷宫。所以，朱祐樘是在万贵妃的阴影下由母亲在冷宫偷偷生下的。万贵妃得知后又派门监张敏去溺死新皇子，但张敏却冒着性命危险帮助纪氏将婴儿秘

朱祐樘

朱祐樘是明代中叶唯一的可以和明君靠边的的贤君。他即位后，首先裁抑宦官及佞幸之臣，外戚及其党羽，罢遣禅师、真人等。勤于理政，选用贤臣，他的阁臣李东阳赞美道："天顺以来，30余年间，皇帝召见大臣，都只问上一二句话，而现在却是反复询问，讨论详明，真是前所未有啊！"

密藏起来，每日用米粉哺养。被万贵妃排挤废掉的吴皇后也帮助哺养婴儿。万贵妃曾数次搜查，都未找到。就这样朱祐樘一直被偷偷地养到六岁。

后来直到人到中年的宪宗一次为子嗣忧心时，才第一次见到自己那因为长期幽禁、胎发尚未剪、拖至地面的瘦弱的儿子，宪宗不禁泪流满面。第二年，朱祐樘被册立为太子，接着纪氏暴亡，门监张敏也吞金自杀。宪宗的母亲周太后担心万贵妃会对太子下毒手，就亲自将孙子抱养在自己的仁寿官内，才使太子安全地长大。但朱祐樘一直受嫉于万贵妃，甚至到明成化末年还有废立之危。因此，当这个十七岁

万寿宫

朱祐樘当年避难的地方。很难想象一个在险象环生的环境下长大的人成年以后会那么善良，也许他从帮助他的人那里更多地体会了爱。和他的心狠手辣的先辈比起来，在这一点上，朱祐樘是一个异数。

的青年登基为帝的时候，除去得到一些正直大臣们的拥护之外，恐怕多少还有些同情。他的皇子生活实在太坎坷了，但是人们很快就不得不对这位年轻皇帝刮目相看，他斥佞用贤的弘治初政，给成化后期混乱的朝廷打了一针兴奋剂，使明朝有了中兴的希望。

2、独一无二的痴情皇帝

除了励精图治，朱祐樘出奇地宽和善良，即使对当初迫害其生母的万贵妃家人，也表现了极大的宽容。对万贵妃本人，也没有听从臣下的建议对她削溢议罪，这一切都出于一个孝字，孝敬父皇，维持传统，以宽仁忠孝为主，他死后被定庙号为孝宗，也正因此。

但这位皇帝在中国皇帝中最独特之处既不在他的仁政，也不在他的善良，而在于他的痴情——他是中国历史上唯一的一位一夫一妻制的皇帝。他死心塌地爱他的张皇后，除了张氏之外绝不再会爱上其他女人，直到朱祐樘仙逝的那天也没有再娶其他女人。这在中国帝王史上可谓是独一无二。

张氏出身于今河北沧州一读书人家，美丽聪慧又活泼，深得孝宗喜爱。夫妻伉俪情深，每日一同起居，俨然民间普通的恩爱夫妇一般。后宫粉黛无数，而专心治国的朱祐樘熟视无睹。一方面虽多有太监劝进，另一方面却也有大臣劝阻。据说张皇后醋劲也很可观，但这其中不可忽视存在朱祐樘自己的因素。他性格温和，天性仁厚，加上他对于万贵妃的迫害以及嫔妃之间的争宠吃醋以及随之而来的宫闱斗争非常有体会，并且深恶痛绝。另外，张皇后本人比较让他满意，对他有足够的吸引力也不能不说是其中一个因素。

张皇后

在中国延续几千年的王朝历史上，张皇后可以算得上唯一一位拥有丈夫完整的爱的幸福皇后。

张皇后一生中为孝宗生了两子三女，皇二子夭折，因此只有朱厚照一个传人。由于朱厚照又没有儿子，所以明孝宗的血脉就断绝了。后来是明孝宗的侄子即位，也就是性情乖张、喜怒无常的嘉靖皇帝，他对伯母张皇后很不友好。

朱祐樘先张皇后去世。明朝每个皇帝都有几个到十几个嫔妃陪葬，唯独孝宗只有一个张皇后陪伴他。

寻找《永乐大典》

北京城修建自元朝，定都在明朝。说到这里还真要感谢明成祖朱棣，要不是他处心积虑为了圆自己的帝王梦逼跑了自己的侄儿，估计这座世界闻名的都城现在不叫北京，也就没有紫禁城了。历史的形成有时候往往只因为一个人，因为一件事而改变。朱元璋造就了明朝历史，朱棣成就了大明江山。历史上对朱棣的评价不一，有人说他是明朝历史上最勤政的皇帝，他雄才大略，才能出众，把大明朝推向鼎盛；也有人说他是明朝最残忍最血腥的皇帝，因为他为了皇权杀人无数，其中包括自己的侄子……但人们似乎忘记了他也是明朝历史上最注重文化、最注重历史的一个皇帝，因为在他的安排下这个世界上诞生了一部旷世巨典——《永乐大典》。

1、"靖难"夺位

朱棣出生于元末的战乱时期，是朱元璋26个儿子中的第四子。朱棣的生母是一个地位低下的妃子，所以朱棣很早就知道他实际上是一个没妈的孩子（虽然后来他自称是马皇后嫡生，但经考证这绝对不是事实），这注定了他未来的成功必须要经过一番努力。在他出生时，朱元

SI HAI MAN YOU
BEI JING PIAN

朱棣画像

《永乐大典》的始作俑者，马上能打仗，马下能治国。五征漠北，浚通大运河，大规模营建北京,派郑和七下西洋，向世界展示了一个强大的中国。同时，为了自己的皇位，和自己的侄子打了四年仗，牺牲无数人的生命。坐上大位后，篡改历史，掩藏自己的亲生母亲，对逆命的大臣残酷屠杀，大肆株连……这就是朱棣，一个好皇帝，但绝对不是一个好人。

璋与陈友谅正打得不可开交，以至于连给儿子起个名字的工夫都没有。明朝建立时，朱棣已是一个八九岁的儿童。那时全国仍很凋敝，满目疮痍，这一切都在朱棣的幼小心灵上留下了深深的印记。至正二十七年（1367）旧历年底，形势已经粗安，朱元璋准备要正式登极做皇帝了，直到这时，他才有时间考虑为儿子们正式取名了。所以，朱棣直到7周岁这才和众兄弟一样有了自己的名：棣。

朱棣自小聪慧过人，他知道自己没有一个可以帮衬的妈，在皇室没有帮手，没有可协助的势力，凡事都需要自己的努力。他最早引起朱元璋的注意据说是有一天朱元璋心血来潮，突然把皇孙朱允炆叫过来想考考他的才学，看看这个自己未来的接班人有多少内涵。朱元璋出了一个对联："风吹马尾千条线"，朱允炆随即对出："雨打羊毛一片膻"。朱元璋一听气得直泄气，这个皇孙怎么就对了这么个毫无抱负的下联呢？这时朱棣上前一步说："皇爸爸，我倒是有个下联，不知可否一试。"."说来听听"，朱元璋好奇地说，朱棣对的下联是："日照龙鳞万点金"，朱元璋听后连声叫好！确实，这个对联比他侄子的对得有品位得多。由此朱棣得到了朱元璋的宠爱，甚至差点动了更换继承人的想法。可朱棣没有妈，这就注定了在登上大位这条路上还有很长一段距离需要跋涉。

长陵

朱棣和他的徐皇后就长眠在这里。长陵位于天寿山的主峰，是十三陵的祖陵，建筑规模最大，建筑时间最长，同时也是保存最为完好的一做皇陵。

在朱元璋看来，元朝之所以经常发生宫廷政变，主要原因就在于没有早立太子，因此他一称帝就要解决这个问题。他还看到当元末农民起义四处爆发的时候，元王朝在各地缺少强有力的藩卫，有鉴于此，洪武三年（1370）他就作了封藩的安排，即把自己各个儿子封到各地当藩王。朱棣就此成为燕王，他的大哥朱标成为太子。

在朱元璋的分封制里，各个藩王没有行政权，只有军事权，朝廷调地方军队，地方守镇官还要得到当地藩王令旨后才能调动。遇有战事，即使元勋宿将也要听藩王节制。朱元璋感到他这套制度比以往历代都严密，大明江山可以长治久安了，但他万万没有想到，他刚死，就爆发了朱棣与建文皇帝争夺皇位的"靖难之役"。

这种分封的弊端就是："太奢"，藩王势力很容易膨胀为对中央政权的威胁。一个叫叶伯巨的大臣言人之不敢言，上书朱元璋指出：藩王势力过重，数代之后尾大不掉，到那时再削夺诸藩，恐怕会酿成汉代"七国之叛"、西晋"八王之乱"的悲剧。常言道，忠言逆耳，朱元璋不但听不进这先见之明的劝告，反而把叶氏抓进监牢，囚死狱中。但后

SI HAI MAN YOU
BEI JING PIAN

来的历史证明事态的发展远远超出了叶伯巨的预料，中央政权与藩王之间的矛盾，不需要经过数世在朱元璋死后就立即爆发了。

洪武二十五年（1392年）太子朱标病死，朱元璋立太子的嫡子朱允炆为皇太孙。洪武三十一年，朱元璋去世，朱允炆即帝位，是为建文帝。朱允炆在做皇太孙时，就对诸藩王不满，曾与他的伴读黄子澄商量削藩对策。即帝位后，采纳了大臣齐泰、黄子澄的建议，决定立即"削藩"，而且，最终的目标就是力量最大的燕王朱棣。皇族内部矛盾由此迅速激化，建文帝命令将臣监视朱棣，并乘机逮捕之。朱棣得到这一消息，立即诱杀了前来执行监视逮捕任务的将臣，于建文元年（1399年）七月起兵反抗朝廷。

长陵祾恩殿

长陵的这座祾恩殿，是明代帝陵中唯一保存至今的陵殿，堪称是我国古代木构建筑中的珍贵遗物。殿顶为古建中等级最高的重檐庑殿式，覆以黄色琉璃瓦饰。梁、柱、枋、檩、鎏金斗拱等大小木构件，均为名贵的优质楠木加工而成。支撑殿宇的60根楠木大柱，用材粗壮，是世上不可多得的奇材佳木。

以前朱元璋封太子的时候，朱棣还是一个小孩，对自己的未来还没有计划。但在朱允炆被立为皇位继承人时，朱棣可不是以前那个小孩了，他对自己的人生早就有了一番规划，早就对这大明江山垂涎三尺！朱元璋在位的时候他就经常跟着他爸爸一起上朝，或是站在一边学习处理朝政，暗暗地做了"实习皇帝"，只是没有人看出他的用心而已。因此，在他翅膀长成以后，岂可让大明江山落在一个傻侄子手里？就算亲爸爸朱元璋立了再多的规矩、设置了再多的障碍保护这位皇孙顺利即位也不影响朱棣的皇帝梦！

朱元璋当初为了恐权臣篡权，规定藩王有向中央索取奸臣和举兵清君侧的权利。朱棣起兵就是以此为理由，指齐泰、黄子澄为奸臣，须加诛讨。并称自己的举动为"靖难"，即靖祸难之意。因此，历史上称这场朱明皇室内部的争夺战争为"靖难之役"。

建文三年（1401年）六月初三，朱棣的燕军经过四年的出生入死后自瓜洲渡江，十三日进抵金川门，守卫金川门的李景隆和谷王开门迎降。燕王进入京城，文武百官纷纷跪迎道旁，在群臣的拥戴下即皇帝位，是为明成祖。历时四年的"靖难之役"以燕王朱棣的胜利而告终。

朱棣，这个没有后台的孩子终于破除万难把自己的侄子一脚踢下了皇位，自己当了大明朝的皇帝，改年号为永乐。

2、编纂《永乐大典》

燕王进京后，宫中起火，建文帝朱允炆下落不明。有的说建文帝于宫中自焚而死，也有人说他由地道出亡，落发为僧，云游天下……今天朱允炆的真正下落已不可确考，成为明史上的一大悬案。

当上皇帝的朱棣大肆杀戮曾为建文帝出谋划策及不肯迎附的文臣武将，齐泰、黄子澄、景清等被整族整族地杀掉。有"读书种子"之谓的方孝孺，因不肯为朱棣撰写即位诏书，九族全诛，这还没完，又将其朋友门生作为一族全部杀掉，十族共诛873人。算上在四年的征战中牺牲的

SI HAI MAN YOU
BEI JING PIAN

人，朱棣这条通往大位的道路是多么血腥，恐怖！

但是除了血腥杀人上大位这一点让人不敢恭维，作为一个皇帝，朱棣不是一无是处。作为一个明朝皇帝，和他的家族里后来那些无厘头皇帝、木匠皇帝等比起来，他显示出了特别深厚的人文内涵，为中国文化做出了突出贡献，这表现在他当政后做的两件特别有创意的事上：第一、他让三宝太监郑和七下西洋，开始了中国外交使上的首次征程；第二、编纂《永乐大典》。

朱棣号称文武全才，与元朝征战多年，战功显赫，最后死于疆场！另一方面，做了皇帝以后，他立即尊儒纳士，笼络了很多大学问家和才学丰厚的学士共3000多人，历时三年，终于在1407年完成了大典的编纂。这是世界上最早、最宏伟的百科全书。上至天文地理，下至史学文化，无所不包无所不涵，简直就是盖世无双的一部史诗性的典籍。从时间上《永乐大典》比英国著名的《大英百科全书》要早上361年！《永乐大典》事实上就是中国最早的，也是世界上最早的《大明百科全书》。

在有编纂《永乐大典》的念头后，朱棣毫不犹豫将这项繁重的工作交给他的内阁之一，被视为才子的解缙。谢缙是洪武二十一年的进士，曾以才气，正直，大胆针砭时弊而名满天下，因此差点送命，最后不无幸运地被朱元璋打发回了老家。灰溜溜地回到老家后他开始反思，自己为何这么失败？好不容易在朝廷里混上一

《永乐大典》

《永乐大典》成书时共有22877卷，装成11095册。 现在在中国国家图书馆的地库里，收藏有其中的161册。目前我们已知和能见到的《永乐大典》加起来不到原书的4%，96%的《永乐大典》不知下落！

官半职，光宗耀祖，现在不仅荣耀没有了，自己前几十年的努力白费了，在相邻面前连头都抬不起，以后何以做人？要是自己当初不那么多管闲事，不那么正直，哪会有今天？正直在官场上是没有市场的！在那里，除了权谋，溜须拍马，逢迎奉承，什么也不需要。

朱元璋死后，谢缙认为他东山再起的机会来了，来到京城不久，靖难开始了。这一次，他不再莽撞，先仔细分析当前的形势，凭着自己的聪明，他认为建文帝绝对不是朱棣的对手，绝对不能把自己的宝押在建文帝一边。于是，在朱棣尚未打进京城就率先投降了朱棣，从而成了朱棣的宠臣，开始了自己最辉煌的一段人生。

朱棣也不会无缘无故地宠信一个人，他是一个很早就企图大展宏图的人。他接纳谢缙除了因为这人识大局，在自己的侄子和自己之间选择了自己，还有一个很大的原因是这人有才，对于建构自己的宏图将是不可或缺！朱棣毫不怀疑谢缙就是当时唯一最适合编纂大典的人，除此别无选择！但是解缙这次在这件事情上并没有表现出和前一次一样准确的政治敏锐性。他以为这不过是皇帝一时兴起，想编本书玩一玩，于是在第二年就向皇帝呈送了书的初稿——《文献大成》。但这显然和朱棣心目中的宏图相去甚远，朱棣当即把谢缙痛骂一顿。

这下谢缙知道这个皇帝是玩真的了，为了不再浪费时间，朱棣随即把当时中国顶级的精英聚集在一起，交给谢缙。这是一个真正的个超强梦幻组合：由五个翰林学士担任总管，此五人以王景为首，都是饱学之士，并另派二十名翰林院官员为副总管，这二十个人也都是著名的学者。有了这二十五个饱学之士朱棣尚嫌不够，又在全国范围内发起总动员令，召集所有学识渊博的人来做编撰。这还不够，既然是大明帝国编的书，自然要体面，书籍的字迹必须要漂亮、清晰，朱棣又找来全国字写的好的人做抄写。

谢缙就这样获得了一个可以流芳百世的机会，这是他在仕途上以任何权谋，手腕都不可能得到的可以充分发挥自己的人生价值，实现自己成为国家栋梁的机会。

永乐五年（1407）十一月，这部大典终于完成。此书共收录上自

《永乐大典》

《永乐大典》不仅篇幅巨大、收集广泛、而且缮写工整，书中的文字全部用毛笔以楷书写成，每半页八行，大字占一行，小字抄成双行，每行28个字。在书的前面，用不同的字体演绎一个"门"字，端庄的楷书、狂放的草书、秀美的隶书，尽显汉字的魅力。《永乐大典》中还有许多精致的插图，山川地形都以白描手法绘制图形，形态逼真，书为硬裱书面，由粗黄布包着，典雅庄重，被中外专家学者誉为有史以来世界上罕见的珍品。

先秦，下迄明初各种书籍七、八千余种，共计一万一千零九十五册，二万二千八百七十七卷，三亿七千万字，全部由人手一个字一个字地抄写而成。它的内容包括经史子集、天文、地理、阴阳、医术、占卜、释藏、道经、戏剧、工艺、农艺，涵盖了中华民族数千年来的知识财富，它绝不仅仅是一部书，而是一座中华文明史上的金字塔。

朱棣的梦想终于实现了，他郑重的为这部伟大的巨作命名——《永乐大典》。

3、《永乐大典》的下落

《永乐大典》编纂完成后，朱棣是爱不释手。除了上班就是看书，根本没有闲工夫，一看就是一个通宵，比那高考前的学生还用功。还有比实现自己的理想更让人兴奋的吗？此后许多年，他天天抱着这部大典读啊，读，很快他就变成了一个博古通今的人。就这样大明盛世持续了若干年。

1424年的一个寒冷的冬天，在一次行军途中朱棣由于过度劳累，病危了。在他弥留之际所有的大臣都来到了他的病榻前，听从他对后事的安排。朱棣最先提到的是传皇位的事，第二个就说到了永乐大典：永乐大典是朕劳其一生的心血完成的，如今我要走了，真有些舍不得这些典籍……朕还没看完呢……有的大臣进言道：我们已经整理好所有的永乐大典，准备殉葬。朱棣一听就坐起来了。不行！这是浪费！《永乐大典》一定要流传于世，传承子孙后代！殉葬了大典，朕将悔恨终生。

朱棣死了，永乐大典就这样被保存了下来。但自从朱棣死后好像后来的皇帝并没有把这部大典看得很重，因为历史文献中少有提到。

既然朱棣没有让这部典籍殉葬，那《永乐大典》就不应该在十三陵。那它会在哪呢？据说这部大典一直被深藏宫中，所放位置记载在秘密档案里，只有皇帝和少数大臣知道。

时间一晃，100多年过去了，《永乐大典》一直深藏秘处，直到有一个人的出现，从此改变了《永乐大典》的命运。

这个人就是嘉靖皇帝朱厚熜。这个明朝倒数第六个皇帝迷信道教到了疯狂的地步，因为炼丹拿宫女做试验差点被宫女起义给弄死，而且生活荒淫腐败得不得了。但就是他，也不知道哪根弦搭错了，除了那些不着四六儿的歪门邪道外，他还爱学习，对先帝的《永乐大典》崇拜得不得了！在这一点上他倒是和他太太太……爷爷朱棣挺志同道合的。《永乐大典》终于在朱棣的第九代玄孙这发了光。

朱厚熜在自己的案头常常放置几册《永乐大典》以便随时翻阅。一天，在他对此书爱不释手的时候，他突然有了一个想法，要将《永乐大典》重新抄录一部。还没有动手，有一天皇宫着火了，藏书楼也着了。朱厚熜下令其他物品一律不管，先把《永乐大典》救出再说。这一晚上，大臣、太监来来回回跑了一百多趟向朱厚熜报告灭火情况。大火烧了一晚上，第二天早上才灭了。《永乐大典》被及时的运出，幸免遇难，事后把朱厚熜后怕得什么似的，他同时也意识到了必须刻不容缓地重抄永乐大典！

《永乐大典》

现今尚存的《永乐大典》几乎都是嘉靖的副本。永乐正本自从朱厚熜下葬就从这个世界消失了。

可在大典还没抄完的时候，朱厚熜就死了。朱厚熜对此早有准备，于是他动了个念头，这就牵扯出了一个旷世谜团！

据史书记载，重录的《永乐大典》无论在内容、格式、还是装帧方面都与原本一模一样的，令人叹为观止。此后，《永乐大典》便有了两个版本。现在人们习惯于把永乐年间的第一个版本称为正本，把嘉靖年间的重录本称为副本。今天中国国家图书馆里收藏的所有《永乐大典》全都是明朝嘉靖时期的副本。因此，11095册《永乐大典》正本已经彻底消失了几个世纪！《永乐大典》还存在于这个世界上吗？如果存在，它到底在哪？如果已经不存在于世界上，它又是什么时候，被谁，用什么方式毁灭的？

要破解《永乐大典》正本之谜，应该从它在历史上最后一次被准确地记载，并且在当时确实存在的时间入手，这应该是解决问题的关键所在。以记录史实详实著称的明朝官修史书《明世宗实录》中有这样一段关于《永乐大典》的记载：《永乐大典》正本最后的出现时间是在嘉靖的丧葬期间。在《明实录》中有关嘉靖丧葬和《永乐大典》重录两件事的大量记载中，几个一直以来不为人所注重的日期引起了我们的注意。

嘉靖皇帝是在1567年12月14日庚子年去世，1568年3月17日，嘉靖入葬永陵。1568年4月15日，隆庆帝赏赐重录《永乐大典》的人员。《永乐大典》副本抄完，是在隆庆元年4月。而嘉靖已于上一年12月去世，这个时候永乐大典的原件还正在抄书者手中。这里的一个重大的疑点是嘉靖皇帝是死后三个月才被葬于永陵！他这是等什么啊！？此时已经到了隆庆元年3月。而新皇帝表彰抄写人员的日期是在隆庆元年4月，但这并不是抄录完成的最后日期。所谓抄录完成的日子应当在四月之前，这是一个符合逻辑的推理。这样看来，嘉靖皇帝下葬和副本重录完成在时间上更加靠近了。这样一来，真相好像马上就要浮出水面：在新皇帝表彰抄书功臣的时候，永乐大典的正本也就从此音信全无了，嘉靖的丧葬与正本的失踪如此巧合，这难道真的是某种巧合吗？历来以简明扼要著称的《明实录》记载皇上对《永乐大典》重录大臣的表彰及爱怜之情连篇累牍，不厌其繁，是《明实录》中少有的长篇大论。可偏偏没有提及《永乐大典》正、副二本分藏在什么地方，当然，如果记载出一处来，另一处究竟在哪里，便会引出更大的疑问。那么,这是不是有意的隐瞒呢？焦点显然在嘉靖皇帝身上。

《永乐大典》正本之谜就藏在这豪华的永陵里。

永陵外罗城

永陵的方院和宝城之外，有一道以前七陵都没有的外罗城，其制"壮大，甃石之缜密精工，长陵规划之心思不及也"。外罗城之内,左列神厨，右列神库各五间,还仿照深宫永巷之制，建有东西长街。

永陵的规模和朱棣的长陵相当，可见其奢华程度，如今这座巨大的陵墓成为揭开《永乐大典》正本失踪的谜底所在地。到底《永乐大典》的正本是否存于永陵学术界一直有不同意见，《永乐大典》是中国历史上最为重要的一部史诗性的著作，发现它的踪迹必定会轰动全世界。但如今它到底在哪里？就算再准确的推测也是无济于事，因为它一直就是一个谜。

历史已经离我们远去，但曾经发生的事实只有一个。如果这一切猜想恰好揭示了那个唯一的历史事实，如果嘉靖皇帝正是《永乐大典》正本失踪的幕后主使，那么，一个更值得我们关注的问题就是：他究竟把《永乐大典》正本带到哪去了呢？曾经有专家建议开陵取书！听来是在考古，但实则是在破坏。《永乐大典》确实是中国最重要的一部大典，但十三陵的永陵也只此一座。如果开地宫发掘，那必定破坏了永陵和地下的文物。两个都是国宝！我们舍弃谁呢？况且几百年过去了，纸制的永乐大典可能已经被水淹过，已经被腐蚀得不成样子。如果这个时候打开地宫，它的腐烂速度会更快，破坏会更严重。如果《永乐大典》真的在永陵的地宫中，我们不如就让它长眠地下，等我们的科学技术达到一定水平的时候再进行挖掘，那时我们会看到一部真正完整的《永乐大典》。

石大人胡同到外交部街的历史沧桑

说到北京的自然风景，正像徐城北先生所言，山景，它比不上"大西南苍苍莽莽的十万大山"；说河流，比不上滚滚长江，因此水景不如南京、武汉和重庆；论古树，没有南京钟山的古树之多----古柏苍松随处可见。北京，是一座以社会历史人文景观著称的城市，从元、明、清一直到今天，北京就始终是一个叱咤风云的地方、是一个精神文化的舞台。无数政治家、军事家、科学家、艺术家，在北京这个大舞台上不断演奏着威武雄壮的精彩篇章。

胡同，是北京故事的筋脉；院落，是北京往事的血肉；而人物和事件，则是使筋脉和血肉活动起来的神经。

外交部街，就是今天北京东单北边，大华电影院北侧路东的那条胡同，其东口在北京站对面的朝阳门南小街，西口位于东单北大街（对面是协和医院门诊大楼），南临西总布胡同，北临东堂子胡同，虽长不过七百米，但却是一条曾经书写历史画卷、叱咤政治风云的所在。现在我们就随便挑几处给大家做一个介绍。

■29号院："科技泰斗、士子楷模"侯德榜故居

进东口往西走不远，便是29号院——著名科学家侯德榜的故居。虽没有挂牌，但大家一直把这儿当名人故居看待。侯德榜，我国杰出的化学及化学工程专家，中国重化学工业的开拓者，1916年毕业于美国麻省理工学院，1919年在美国哥伦比亚大学获硕士学位、1921年获博士学位。曾任天津塘沽永利碱厂（现天津碱厂）和南京硫酸铵厂总工程师兼厂长，永利化学公司总经理。解放后任中科院学部委员（院士）、中国化工学会理事长、化学学会理事

SI HAI MAN YOU
BEI JING PIAN

长、中科协首届副主席、化工部副部长，全国人大代表，全国政协委员、常委。1939年首先提出了联合制碱法的连续过程，被国际誉为"侯氏制碱法"；成为我国纯碱生产的主要方法之一。他是中国近代化学工业主要奠基人之一。29号院房子的总体结构没大改动，但因装修了铝合金窗，门也改了位置和样式，已看不出原来的面目了。该院落现仍为化工部宿舍。

■31号院：明代冉驸马府、宁远伯府；清太祖七子阿巴泰饶余郡王（死后追封亲王）府、端重亲王府，清摄政王多尔衮后代——睿亲王新府均承袭此院落

31号院

　　与侯德榜故居一墙之隔的31号院，更非同小可——在明代，这曾是辽东著名将领李成梁的府第。现在的国人，除了铁岭人以外，知道李成梁的人不多了（电视剧《太祖秘史》中有这个人物）。但在明代却有

"东南戚继光，东北李成梁"之说。戚继光平倭功绩家喻户晓，但在这两位人物生活的时代，李成梁的威名远在戚继光之上。

李成梁，今辽宁铁岭人。明末辽东总兵，曾先后两次任该职。《明史》称其："成梁镇辽二十二年（指第一次镇辽）先后奏大捷者十……边帅武功之盛，二百年来未有也。"在铁岭历史上，论文，应推指画大师高其佩、续《红楼梦》的高鹗；而论武，则非李成梁莫属。

李成梁生于明朝嘉靖5年（1526年），明万历二年（1574年）钦差为镇守辽东总兵官。他掌握辽东军政大权后，大修戎备，针对女真统治阶级的内部矛盾及对明关系，采取了"分而治之、互相牵制"的政策，强化了对女真各部的控制。对蒙古各部分别予以瓦解、打击、重创，使政局转危为安。李成梁先后对挑起事端的速巴亥、王杲（努尔哈赤外祖父）等予以沉重打击，使辽东人民生活安定，生产有所发展，对辽东防务体系的巩固做出了不可磨灭的贡献。

由于李成梁功勋卓著，万历6年，被封为宁远伯，加封太保兼太子太保，晚年封太傅（均为一品官职）。

万历19年（1591年），65岁的李成梁度过了25年的戎马生涯，在其四次提出辞官后得到朝廷恩准，还京休养，"以宁远伯奉朝请"。

李成梁离任后，辽东边防再现危机。在其后十年间，朝廷八次更换镇辽大将。万历29年（1601年），朝廷不得不再次派年已75岁高龄的李成梁镇守辽东，7年后，82岁解甲。万历46年（1618年），李成梁在北京石大人胡同的宁远伯府去世，享年92岁。他去世后不久，曾在李成梁手下当马童的努尔哈赤便发展起来，最终破山海关，打进北京城。

■31号院园内一处号称由"数万碎石结成"的假山最为著名，成为当时京城八大名园之一。

31号院儿，在成为李成梁的宁远伯府之前，还曾是明万历年间的"冉驸马府"。万历二十七年（1599年），明神宗朱诩钧将此处赐给寿宁公主的驸马冉兴让，驸马爷为其取名"宜园"。园内一处号称由"数万碎石结成"的假山最为著名，成为当时京城八大名园之一。清初为饶余郡王阿巴泰（后追封为亲王）、端重亲王博洛的府第。博洛自皇太极时开始从征作战，在对明的战争中屡建功勋。顺治三年，受命为征南大将军，率师驻杭州、克金华、再克衢州、直下福建，灭掉了明朝在福建的势力，为清朝立了大功。其父子两代府邸都设在现在的31号院，后来多尔衮后代被赐睿亲王新府也在此。

多尔衮是清太宗皇太极之弟，开国八大铁帽子王之一。顺治元年，多尔衮以奉命大将军身份入北京。不夸张地说，满人入主关中、进驻北京，最初是由多尔衮打出的天下。由此，清王朝才取代了明王朝。

顺治帝年幼时由其叔父睿亲王多尔衮摄政，独揽军政大权。因顺治对多尔衮素怀不满，顺治八年(1651)多尔衮死后不久就以谋逆罪被剥夺了爵位、其位于东华门的原王府被废，到康熙三十三年（1694）改建为吗哈噶喇庙，乾隆四十一年（1776）赐名普度寺。

其养子多尔博（多尔衮同母弟多铎之子）于顺治十四年(1657)被封为贝勒，因睿亲王旧府已改佛寺，就把石大人胡同原石亨旧宅（现33号院）东隔壁的清饶余亲王府建为贝勒府。乾隆四十三年（1778）恢复了睿亲王的爵位，由多尔衮五世孙淳颖世袭封爵，就把石大人胡同原贝勒府改成了"睿亲王新府"，即今天的外交部街31号院。据载，该府原有房屋500余间，可谓规模宏大。睿亲王爵位共传了12代，到第十二代时，已进入民国，随着清王朝的结束，一切礼制土崩瓦解。睿亲王的后人挥霍无度，他们用卖东北和河北庄地的钱，建新房、修花园、装电话、买汽车、买马车和大量洋货，还经常去前门外豪赌。据《北京通史》载，他们后来又把在外交部街府邸的500间房产，抵押给了德国人的礼和洋行。

礼和洋行的股东是德国几个大企业主，总行设在德国汉堡，世界各地如纽约、伦敦、巴黎等地都设有分行。在华设点最多：津、沪、渝等十余个城市均有业务，经营着世界知名企业的产品，如"克虏伯"钢铁、"蔡司"光学器材等，在这些领域控制着国际市场。

到了1924年，由于交不起借钱的利息，末代睿亲王被人告到京师审判厅。法院于次年（1925年）将地处外交部街的王府查封，府中物品运出了六七十车，暂时寄放在当铺里，后来都成了死当。1929年，由北平政府社会局，将该王府借给了由北大学者于1923年成立的京师私立大同中学。到1933年，大同中学以3.5万元购买。就此，一座多次易主的王府，在帝制结束才20多年的光景，就衰败解体了。

大同中学，首任校长是北大教授谭熙鸿先生，谭先生曾先后任孙中山总统府秘书，和北大蔡元培校长秘书、北大生物系主任、浙江大学农学院院长等职。1927年，同马寅初去杭州任教，两人的家都住在杭州西湖的"春润庐"别墅。谭先生的儿子谭伯鲁目前是江苏省文史馆馆员。

王府改为学校后，府中建筑屡经拆改，早无原貌。解放后，大同中学改为北京第24中学。后24中分为两校：南称外交部街中学，北（东堂子胡同）称24中。现在两校又再次合并，仍称24中。

现在学校院里一棵在风雨中见证了多年故事的一棵老槐树（一级古槐，编号：A00837）也被一座未完工的现代化教学大楼围住了。本

老槐树

该伸展枝丫、重披绿装的古槐，像是在北京的春天里哭泣，它的生命也像是要走到了尽头。不知今后坐在教室里的学生，还能不能隔窗见到这棵昔日王府中的老槐树？

■33号院：为什么老北京称现在的"外交部街"为"石大人胡同"？

明代曾经权倾朝野的石亨石大人府在此，胡同名称由此而来，并被叫了近五百年。民国外交部和新中国的外交部都曾设立于此。

说起明代的北京，不能不提到"土木之变"后的"北京保卫战"。此次战役中，武将石亨被临危受命的兵部尚书于谦举荐，担任京营总兵（京师总指挥），在抗击瓦剌入侵的战斗中立下了战功，保住了北京也就保住了朝廷。石亨后因拥立"土木之变"被俘放回的英宗发动了"南宫复辟"（史称"夺门之变"），后来石亨因功晋爵武清侯，一时权倾朝野。

在最得势的时候石亨在此建造了府第，我们今天所称的外交部街，当时就因石亨府而得名"石大人胡同"。其府建于1456年，大约占据了胡同北侧四分之一的地段。

石亨这套宅院，比一般王府还豪华。后因有"谋反"迹象，石亨被抄家并死于牢狱。石家的宅院也就被皇家收回，后被作为明代工部铸造钱币的"宝源局"，清沿用。

清末，为迎接德国皇太子来访，清外务部（总理各国事务衙门的前身）在这座几易其主的豪宅基础上，修建了外务部迎宾馆。设计者和承包者为美国人坚利逊，迎宾馆堪称当时京城最豪华的西洋建筑。

清朝灭亡后，袁世凯在石大人胡同迎宾馆就任临时大总统，其内阁政府也设在迎宾馆，所以袁世凯那时候就在此办公。袁世凯还在此策动军阀曹锟搞了"北京兵变"。1912年8月24日，孙中山北上进京，袁世凯安排孙中山在石大人胡同迎宾馆下榻，自己则把总统府搬到铁狮子胡同陆军部大楼（今张自忠路3号段祺瑞执政府旧址院内），以示恭敬。孙中山此次来京，出席了国民党成立大会并当选为理事长，在石大人胡同迎宾馆内与袁世凯共会晤了十三次。同年9月，孙中山离京南下，袁世凯把设在石大人胡同北边东堂子胡同的民国政府外交部迁到了石大人胡同的迎宾馆，从1912年到1928年，33号院均为北洋政府的外交部。

至此，历经明、清两代的"石大人胡同"改称"外交部街"，除"文革"期间外，一直沿用至今。

袁世凯本人原本住在王府井大街锡拉胡同，后因听传言说革命党要杀其在河南的家眷，就把家眷也接到北京，一同住进了迎宾馆。

1937年抗日战争爆发后，伪冀察政务委员会，设在这里。

1940年3月，南京成立"中华民国国民政府"后，在京的临时政府被降格为"华北政务委员会"，同年，"华北政务委员会"从中南海搬进了33号院。

抗战结束，外交部街又回到了国人的手里，傅作义将军把这里设成了北平警备司令部。

1949年新中国成立，11月8日在此成立了中华人民共和国外交部，国务院总理兼外交部长周恩来和陈毅外长都曾多年在这里办公，直到1966年初，外交部才由此迁出。

■36号院，清末著名汉官李鸿章的祠堂

这条胡同里还有一处建筑，本身并不属外交部街，但其北墙在外交部街的路南侧，这就是曾任清朝湖广总督、直隶总督兼北洋通商事务大臣的李鸿章的祠堂。其正门在外交部街南面的西总布胡同27号，从现在东城区档案馆的北门处就可以看见祠堂仅存的、经修复的红墙。李鸿章死后谥"文忠"，是清代唯一在京师建立祠堂的清朝汉官。祠堂原来的主要建筑有仪门、享堂及东西配房、碑亭等，除北京外，在南京白下区和上海复旦中学内也另有李鸿章的祠

SI HAI MAN YOU
BEI JING PIAN

堂，俗称李公祠。

门牌36号院的房产现分成了几个门，1933年这里曾被基督教圣经会买下，成立了道胜堂教堂（"以道胜世"之意）。院内的教堂，后来是前苏联塔斯社在北京的分社，据住在附近的老住户说，这个教堂的高圆顶楼到"文革"后才拆掉。

36号院

■48号院：协和医院的建筑小样

这条胡同大部分有名分的院落，都在路北，但路南有一处院落还是应该交代一笔的，这就是48号院。别看这个院子是不起眼儿的小门儿，但也是有讲究的。据说这48号院是当时修建协和医院前预先建的一个建筑小样（未见史料记载）。因为协和医院是中西合璧的建筑，负责设计和施工的美国人也无这种经验，是想让参与建造的人员都在此找找感觉、练练手儿吧。庆幸的是，现在这个小院儿依然保存完好，只是一般人难得见到它的"庐山"真面貌。

48号院

■59号院：北京近现代重要史迹及代表性建筑之一："协和医院别墅区"

外交部街的另一重要院落，就是59号院，它虽非古迹，但亦为市级文物保护单位，现称"协和医院别墅区"，是市文物局公布的近现代重要史迹及代表性建筑群。谁都知道，北京协和医院是国内最著名、医疗技术和设备水平最高的医院之一，当年是由美国洛克菲勒财团所属中华医学基金会开办的私立北平协和医学院附属医院，建成于1921年。1918年洛克菲勒基金会在投资兴建协和医院的同时在这里建立了专家别墅区（另一处别墅区在北极阁胡同，称"南院"），历时三年完工。这片建筑，被当时的北京人称之为"洋楼"，该别墅区由多栋美国乡村独立别墅构成，灰砖清水墙。至今，整个院落仍完整保留了西洋风格，国内罕见。现虽是"协和"的家属宿舍，但原建筑保留完好。进门右手就是著名产科专家、被称为"万婴之母"、"中国医学圣母"的林巧稚旧宅。新中国成立后的几十年里，中国医学界的许多顶尖级专家学者也都住在这个院子里。

在外交部街我们可以看到过去这条胡同上演的数百年光荣与耻辱并存的风雨故事，现在，我们站在历史的舞台前仍能透过刚刚拉上的帷幕去回味它曾经的往事。

■无量大人胡同

从外交部街出来，往北走就是红星胡同，其实它本名应叫无量大人胡同，为什么叫这个名称呢？

有人认为无量是吴良的音讹，即该胡同应称为"吴良大人胡同"，而且在这个胡同里至今还有一段关于吴良的传说。相传，在明军进攻元大都的前夕，太祖朱元璋派遣吴良来北京侦察情况。吴良到北京顺利地完成任务后，准备往回走。可他这是头一次进北京，对这儿的地理环境很不熟悉，再加上北京的街巷胡同又多，于是七绕八

SI HAI MAN YOU
BEI JING PIAN

绕，就转迷糊了。恰在这时，他被元兵发现，元兵对他紧追不放，当追到现在的无量大人胡同时，突然看不到吴良的踪影了。于是元兵将这条胡同团团围住，搜查了十天十夜，最后还是没抓住吴良，其实吴良早就在一个白须仙人的指点和帮助下返回了军营。不久，明军攻占了元大都，太祖给吴良记了头功。吴良为了感谢白须仙人的帮助，他便又来到了这条胡同，并在这里修了一座庙，从此，人们就把这里叫吴良大人胡同了。

吴良，历史上确有其人，是明代的开国功臣。他跟随太祖朱元璋在濠州起兵参加红巾军，并被任命为帐前先锋官。吴良"仁恕俭约，声色货利无所好。夜宿城楼，枕戈达旦，训将练兵，常如寇至。"闲暇之时，他就听儒生讲论经史，领军屯田，驻守江阴十多年里"封疆宴然。"朱元璋在讲到吴良的功劳时说："吴院判保障一方，我无东顾之忧，功甚大，车马珠玉不足旌其劳。"洪武十二年(1379年)"齐王封青州……遂命良往建王府。"二年后，吴良在青州病逝，终年58岁。

吴良一生中转战南北，驻守边疆，但他从未到过京城，这一点

红星胡同

能从许多史书中得到证明。所以，"无量大人胡同可能叫吴良大人胡同"的推断是不成立的。那么，关于上边讲的那个传说，极有可能是后人根据这个推断，同时也是为了纪念这位明代的开国大将军而附会的。

所以，无量大人胡同与吴良这一历史人物无任何关系。那么，这个胡同为什么叫无量大人胡同呢？

元代至元元年(1264年)有个叫屠文正的山阳人，此人事亲至孝。他非常思念在南方的母亲，但因蒙古人与南宋仍在南方作战，所以无法前去，就常常南望悲泣。为了祈请佛祖保佑母亲平安康寿，他便开始入庙礼佛。十一年后，南宋归附元朝，南方的战势也平定下来了，屠文正立即去信打听老母的情况。几天后，他得到消息说母亲早已去世，他跪地向南嚎啕大哭，痛不欲生。为了怀念自己的母亲，他买地十几亩，修建了一座无量寿庵，每天早晚均来这里祭典自己的母亲。以后，这里逐渐形成了一条胡同，人们便取其庵名将它叫做无量大人胡同。"文化大革命"期间这里改名叫红星胡同，而且此名一直沿用至今。

天安门两侧的城墙

这是现今尚存的皇城建筑。

西黄城根南街
与明清皇城拐角

说到黄城根，得说皇城，皇城是指明清古皇城，介于紫禁城和内城之间的另一道城墙廓起的部分。始建于明永乐年间（1406-1420年），用砖砌成，外涂朱红色，墙顶覆黄琉璃瓦。周长9000多米，高6米，厚2米，顶部厚1.73米。南有大明门（清代改为大清门，民国时叫中华门），这是皇城南大门，东有东安门，西为西安门，北边初名北安门，清代改为地安门。

皇城在本世纪20年代初大部已被拆去，如今地面上存留还能让后人见到的建筑还有天安门和两侧的部分城墙。

1、皇城拐

老北京皇城的形状应不是现在这样标准的四方形或长方形，而是西南角有一定凹槽的一个不规则形状。西面城墙就在现今从西单灵境胡同向东至中南海，沿府右街向南至六部口一带。

道光年间的地图显示，西南皇城角与我们现在所标的位置基本一致。东南皇城可以大致确定在今天北京贵宾楼饭店处，但西北、东北两处皇城角的准确位置目前还没有确定。

后来怎么将"皇城根"写成"黄城根"的呢？在明清时期，皇城四周称为皇城根。清代也有黄城根之说，取"黄天厚土"之意，但用得极少。辛亥革命之后，清朝被推翻，为了反对封建皇权，便将皇城根的"皇"字改为"黄"了，之后便一直沿用至今。民国政权为削除皇权遗迹，将皇宫改称"故宫"，皇城根改称"黄城根"，皇历也改称为"黄历"了。

2000年年底，在西单灵境胡同与西黄城根南街交界处的道路施工中

这下面埋藏这明清皇城西南角城墙遗址。

发现了一处地下古建筑。经文物部门确认，这正是已埋入地下80多年的明清皇城西南角残迹遗址。现在立着的"西黄城根南街"路牌正好就在这段城墙遗址的上方，路牌的基座，就埋在遗址的结构中。

当时在挖掘现场，坑旁整整齐齐地码着三四层已经挖出来的长方形城墙砖。沿着坑边围上了一圈铁护栏，被挡在护栏外的二三十位围观者十分专注地望着坑里工作人员的一举一动，纷纷议论：这儿挖什么宝呢？

老街坊刘大爷从抗日战争结束就住在这条胡同里，说："原先，老百姓都管这儿叫'皇城拐儿'，就是因为相传这里有个皇城墙拐角，但是究竟有没有这么个拐角、到底是怎么个拐法、拐在哪儿，也没人能够说清。没想到，这回真挖出来了，我也能借光看个究竟，弄明白了'皇城拐儿'的来由。"

后来，挖掘工作结束后，为了不影响正常的道路施工，这段皇城根儿将被再次埋入地下。由于皇城根儿所处的位置正是便道，所以文物部门准备在铺便道砖时，将这1.5米宽的皇城根儿上面专门用耐磨的石材铺道。一方面是为了保护这段皇城根儿，另一方面也是让路过的人都知道自己所行走的地方，正是皇城根儿的所在。当时文物部门还计划在这段石材便道上刻上纪念文字，以记录下皇城根儿的点点滴滴，让更多的人了解它。

2、礼王府

在西安门黄城根南路西，南起大酱房胡同，北至颁赏胡同，有一座占地约30公顷的王府——礼亲王府。在清代所建的诸多王府中，最大的就要数礼亲王府和豫亲王府了。老北京就有"礼王的房，豫王的墙"之谚，可见礼王府的房之多。民国时期这里曾改为华北大学，华北大学在完成了历史使命后，改为内务部（后改民政部）办公用地。现在王府里原来的建筑大多保存，尤具旧日规模，其余多经改建，但仍属于保存较好的王府，1984年公布为北京市文物保护单位。

礼亲王府

这儿曾经是清朝最大的王府之一。

礼亲王始王为代善，是清太祖努尔哈赤第二子。代善自幼即随父征战，在攻克抚顺、辽阳、沈阳等重大战役中建立了卓越的功勋，曾被赐号"古英巴图鲁"。万历四十三年（1615）正式创建八旗，努尔哈赤自领两黄旗，代善领两红旗，代善是除努尔哈赤外唯一统领两旗的人。努尔哈赤曾一度以代善为自己的接班人，后因代善之子硕托密议投明之事受连累，失去了继承汗位的资格。

代善虽然失势，但仍有很强的实力。在其弟皇太极、其侄福临即位及安定政局等关键问题上，均发挥了无与伦比的重大作用。清顺治帝入关后不久，代善在京病死，终年六十六岁。顺治皇帝赐银万两，建碑纪功，康熙皇帝追谥曰"烈"。

礼王府的所在地在明代是崇祯皇帝外戚周奎的宅院，后为代善所有。现大殿门下部雕有云龙，工艺为明代手法。规模雄伟，占地宽广，重门叠户，院落深邃是礼王府的一大特点。王府分三路，中路有正门、二道门、银安殿、穿堂门、神殿、后罩楼等！王府的西部是花园，亭台楼阁错落有致，设计得十分巧妙。东部是王爷和其家人休息的房间。嘉庆十二年（1807）礼王府失火，后经嘉庆皇帝赐银万两，由当时的礼王昭梿主持，大体按照原式重修。

王府的主要建筑，分前后两组。前部有正门(宫门)、正殿及其两侧翼楼，后殿及其两厢配殿。后部自成庭院，前为内门(二宫门)、前堂、后堂及其两厢配房，最后为后罩楼。

在后来世袭的礼王中，有几个礼王很有名气，如第四代礼王杰书就是清朝名将，曾任奉命大将军，在征讨耿精忠和防范噶尔丹的战役中，都屡建战功！第九世礼王昭梿，爱好文史，留心掌故，著有《啸亭杂录》、《啸亭续录》。两部著作记录了许多清朝的政治、军事、文化、典章制度等文献资料，流传至今，对后人研究清史，具有重要的价值。

清末礼王世铎，先后担任内大臣、军机大臣、军机处领班等职务，处理军国大事，被赠与亲王双俸。世铎之子末代礼亲王诚厚，爱养长虫、刺猬等，人们称其为"疯王爷"。礼王共传十三代，从崇德元年（1636）至清朝逊位后三年（1914）共278年。

3、黄城根小学

位于西黄城根北街的黄城根小学前身为创建于1904年的内务府三旗初等第六小学堂。1906年改为北洋官立第二小学堂，是最早的公立小学之一。2004年4月1日，是黄城根小学的百年诞辰，原国家主席杨尚昆、军委副主席徐向前、刘华清、国防部长张爱萍、总参谋长杨成武、国务委员陈慕华为学校题词，徐向前元帅亲笔题写了校名。革命前辈的谆谆教诲激励着"黄小"师生不断进取。黄城根小学的对面，就是大名鼎鼎的北京四中，一条小街绿树成阴，极为幽静。

西黄城根的中央文献出版社门市部也是这条老街上值得留恋的地方，此店的背后就是林彪昔日的官邸。该店的读者不多，最是选书的好去处。当年它以发行中央级出版社新书而著称，李锐的文集、李一氓的回忆录、童小朋的专著，以及中共党政军高级干部的回忆录，直到毛毛

万松老人塔

这是北京城现存最早有记载的地标之一。

的《我的父亲邓小平》，让多少国共两党的老人拍案叫绝，仰天长叹。

每天中午休息的时候，在附近漫步是一种享受。万松老人塔，是北京城现存有最早记载的地标之一，将来淹没在高楼之中的时候，不知是什么感觉。附近还有历代帝王庙、广济寺、妙应寺白塔……

喜欢一个城市就像喜欢一个人，那种眷恋是刻骨铭心的牵挂。

北京的春天，是带有忧郁性格的春天。有《骆驼祥子》奔跑的身影，有《城南旧事》若隐若现的凝视，有《霸王别姬》段小楼和程蝶衣悲怆的唱腔，有老舍的笑声，有《十七岁的单车》的无奈与悲凉……

昆玉河的冰，还没有融化，佛香阁的樱花已经怒放。多年不见的船儿载着纳兰性德的梦想，在碧水上徜徉。数着喜鹊从香山飞过，那是不是撒下曹雪芹才情的地方……

北京三怪

1、豆汁儿

走近北京的豆汁儿店，还没进门就会闻到一股浓浓的酸味，要不被吸引进去，要不就被吓走。为什么？因为它奇特的酸味，喜欢的人会上瘾，不习惯的人只会退避三舍。

喝豆汁儿是很有讲究的，得转着圈喝。豆汁儿当天做出来之后，当天喝是反甜口的，隔一宿第二天再卖，是反酸口的。这听起来挺复杂，实际就是酸压甜和甜压酸的问题，因为发酵的程度不一样。豆汁儿是绿豆做的，绿豆在北京人的眼睛里头是消暑、去毒热的，所以三伏天喝豆汁儿，是北京人的一项风俗习惯。

一顾客在喝豆汁

老北京说，不会喝豆汁儿就不是北京人。

盛夏季节看见豆汁儿店里的客人大口大口的往下灌，焦圈咸菜细细品来，会让人不由得不琢磨，为什么会有这么多北京人爱喝这个？这豆汁怪，喝豆汁儿的人也怪，两怪在一起那就更怪了。

豆汁儿在北京已经有悠久的历史了，已成了北京的一个标志。舒乙先生叙说了一位香港导演胡金铨说过的话："谁不能喝豆汁，谁就无资格研究老舍。"无独有偶，京剧表演大师梅兰芳也很喜欢喝豆汁。抗战期间居住上海留须不出，无豆汁可喝，思之若渴，弟子言慧珠自京赴沪演出，特带4斤装大瓶灌满豆汁，以尊师长，传为佳话。

豆汁何许物也？说起来未免掉价，它竟是制作绿豆淀粉或粉丝的下脚料。它用绿豆浸泡到可捻去皮后捞出，加水磨成细浆，倒入大缸内发酵，沉入缸底者为淀粉，上层飘浮者即为豆汁。发酵后的豆汁须用大砂锅先加水烧开，兑进发酵的豆汁再烧开，再用小火保温，随吃随盛。

焦圈和咸菜

正宗的豆汁儿得就着这两样儿！

豆汁儿好不好，怎么煮是一个关键。生豆汁不能喝，煮得滚开烂熟，又没酸臭味了，怎么办？老北京人发明了好办法：把生豆汁买回去也来一次沉淀，见细碎的固体颗粒物都沉底了，就把上边发过酵的绿色汤水，放进锅里煮。待汤水见开，立马舀一勺沉淀物投进去，一次只加一勺，再开再加，这就叫"勾兑"。要加多少勾兑出来才不浓不淡，臭中有香，酸得可口？这里就大有学问。当年尽管有走街串巷推着车卖生豆汁的，人们还是宁可多花两大枚进豆汁店去喝就是因为一来是店里有专门搭配豆汁吃的焦圈，二来是买回生豆汁很难勾兑得可口。熬豆汁儿时决不能等开锅，豆汁儿熬完了必须得是稀的。北京有一句老话叫老太太喝豆汁儿，好稀，我愿意，要是熬出的豆汁是稠的那准是外行。豆汁儿的味儿应该是喝着酸反过点甜口来。

老北京喝豆汁得加上两样利器：焦圈和咸菜。配豆汁儿的咸菜丝有人说是酱菜疙瘩，有人说是水疙瘩，老北京人在豆汁店喝豆汁儿时配的咸菜是不要钱的。北京有三家最有名的豆汁儿：豆汁儿徐，豆汁儿张，豆汁儿何。不用水疙瘩，用爆淹的蔓菁。蔓菁也是疙瘩的一种，叫蔓菁是因为它个大，味辣，经过爆淹那个辣味儿还很呛人。

如果说豆汁儿是闻不得，喝不得，味也不行，那么北京的另一怪臭豆腐虽然闻不得，但吃还行。第一次面前端过一碗臭豆腐，那个臭真是难以形容，要想吃下去，非得捏着鼻子。但要是吃下一块说不定就会上瘾了。

一般北京人是不会单吃这臭豆腐的，现如今北京人的家里是臭豆腐就白米粥，早年间则是就窝头。

在民俗文化里小吃是很有意思的，小吃的原材料都非常容易得到，像绿豆，豆腐等，原材料无不是信手捻来，但是做起来却非常的复杂。尤其这小吃一旦成了玩意儿，里头的文化内涵就多了，这玩意儿它就有意思起来了。吃起来它就不单是一个臭豆腐，一个豆汁儿的问题了，每一样小吃都有很多的故事在里头。一边吃着它，一边想着当年的故事，那叫一个美！每一样小吃都有自己独有的韵味，非常有意思。就像北京臭豆腐，虽是北京的一道不起眼的小吃，可它却跟皇家有着割不断的渊源。

王致和是清朝中年的一个举人，上京赶考落了榜，没办法，钱都用光了，只能靠做豆腐为生。有一年回家探亲把缸里的豆腐就给忘了，回来后发现豆腐全都臭了，没想到臭豆腐不经意间就这样发明了。刚开始住在王致和家周围的老百姓是很难接受这股子臭味儿，他们更是纳闷儿：这臭味儿怪得

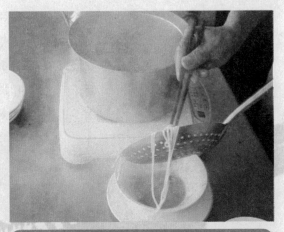

臭豆腐拌面

老北京的传统饮食：臭豆腐拌面。臭不可闻，却让人流连忘返。

这么离谱，怎么能把它入口？可是好东西总会发光，总会有第一个尝鲜的人。这一尝不要紧，传遍了整个京城！火的不得了，最后还传到了慈禧老佛爷那去了。老佛爷开始也是不能接受，把御膳房的人大骂了一顿，这臭烘烘的东西怎么下得了口？旁边的太监便凑到老佛爷的耳根子底下说，这怪东西在民间火得不得了，老佛爷每天山珍海味吃腻了，很想找点民间的吃食尝鲜。于是闭着眼请尝了一口，就这么一尝，王致和的臭豆腐从此就真真正正的火遍了京城。很快就在前门开了一家字号，就是当时名扬四海的南酱园。

　　臭豆腐之所以名列北京"一怪"，就在于你说不准它是臭还是香？当你说臭的时候你准犹豫它是香；当你说它香的时候，你肯定犹豫它其实是臭。北京人吃臭豆腐喜欢和面伴着吃，这叫：臭豆腐拌面。手杆面先下锅，面煮好了之后把热腾腾的面和汤往臭豆腐里倒，一阵阵热臭热臭的味儿扑鼻而来，那叫一个美！然后咸淡味要不够就加韭菜花，想吃辣的浇辣椒油。臭豆腐拌面香味属于厚的，吃完之后把面咽下去，拿手一捂，再一闻那味，绝了。也闹不清楚它是臭，还是香。

3、羊四样爆肚

　　这就是北京的"两怪"：豆汁儿是闻不得吃不得；臭豆腐是吃着好吃闻着臭。此外，北京还有"一怪"，这"一怪"闻着也香吃起来香。但它仍然让人感到怪：它嚼不烂，咽不下去，但凡嗓子眼儿小点就卡在嗓子那儿了。

羊四样

就是这四样嚼不烂的"硬货"为北京的爆肚行家提供了至高无上的享受。

　　这"一怪"就叫：羊四样爆肚。所谓"四样"指的是：羊肚板、羊肚葫芦、羊食信儿、羊肚蘑菇，它们又称爆肚中的四样"硬货"，为爆肚"发烧友"酷爱。这"四样"无论哪一样都很难嚼烂，谁要能把这四样吃出滋味儿来，您是爆肚发烧友级了。

这羊四样是属于没事磨牙的吃食。不管饱饿，但是吃这个还真不能吃饱了。如果您想要一次爆四斤，吃个够，没那么吃的。因为一次不能吃伤了"玩意儿"，恰到好处才是这"玩意儿"。北京人讲究的这"玩意儿"，琢磨琢磨这里头说的话可太多了。吃爆肚的好那口的好，好怎么吃的肯定也不少，尤其那个店开的那个地方——东安市场里头。以前的老东安那都是当年上流社会人玩的地方，所以他们这些上流社会的人再加上一些手艺高超的人碰在一起，一定能产生出非常有趣的事情。羊四样就是其中一个。每次河北梆子的名角李桂云一进羊四样的店头一嗓子就是："冯掌柜子，骨牌块儿啊！"李桂云喊骨牌块什么意思？就是四样每块都得切的跟麻将拍那么大个才过瘾。

这爆肚嚼不烂，生吞整咽，一般人是绝对吃不惯的。爆肚在北京生根发展了百年了，这百年里它一如既往的为北京这些爆肚行家的嘴提供了至高无上的口福，说它怪就怪在这难以下咽的吃食中透着几分幽雅，透着几分传统。

豆汁儿，臭豆腐，羊四样，这就是所谓的北京三怪了。每一样都透着那么特别，透着地道的北京气息。这三怪怪就怪在它的原料和做法上别出心裁，但也是机缘巧合，每一样都不能当饭吃。老北京话把它们叫玩意儿，吃着玩的东西。难怪这怪里透着奇，透着老北京特有的一种情趣。

王恭厂大爆炸

明天启五年五月初六（1626年5月30日），北京西南工部王恭厂火药库突然发生了一场罕见的大爆炸。东至顺城门大街，西至刑都街，方圆13公里范围内，毁房数万间，死伤二万余人。长安街一带纷纷从天上落下人头人脸来，一场碎尸雨下了两个多少时。但在这毁灭性的爆炸中心却"不焚寸木，无焚烧之迹"，所以这起事件和火药库爆炸或者地震似乎都扯不上关联。

王恭厂现今的大概地址

三百多年以前，这儿忽然降临了一场灾害，鬼火飘忽，碎尸落地，石狮卷空……如今，在这稠密的空间里已经很难想像当年的情景。

王恭厂火药库大约在今天西城区新文化街以南、象来街以北、民族宫南街以西的永宁胡同与光彩胡同一带。根据明代地图，事发地如今已经变成胡同生活区。但是在明代，这儿可是一个重要的军事要地。明代自永乐年起火器制造就有了很大发展，驻守京城的京军设有三大营———五军营、三千营、神机营是明军的主力部队，配备有当时最先进的火器和最强的兵力。为了供应这些兵力，当时北京城内先后设立过6处火药厂局，王恭厂就是其中一个。所以，王恭厂当时是作为工部制造、储存火药的火药库。

发生在明天启五年的这起爆炸事件以其原因不明，现象怪异至今无法解释和1908年俄罗斯西伯利亚通古斯大爆炸，及3000年前印度死丘事件合称世界上难解的三大自然之迷。

1908年6月30日，西伯利亚亚通古斯地区，万物还在熟睡中。突然，还是一片灰黑的天空刮起狂风，7时43分，这股干燥的强风开始夹着巨大的噪音横扫大地。大地开始震颤，一种从未听见过的声响从地下传来，好像一列火车在地下奔驰而来。随即，轰鸣声逐渐减弱，不久又再次起来。紧接着又下起滂沱大雨，尘土和地上的砂石像喷泉一样旋转而上，消失在阴云中。但很快，天空中出现一个强烈的发光体，其周围散发着白色偏蓝的光线，外型呈圆柱型，紧随其后的是连续不断的巨响接踵而来，然后，只见一股强大的气流迅速向四周横扫，所到之处灰飞烟灭。接着一团蘑菇云骤然出现在高空，灼热的气浪此起彼伏地席卷着整座浩瀚的泰加森林。熊熊的林火连日焚烧着，烟云中涌出条条火舌。方圆几十公里内的森林被彻底摧毁，附近地区的大部分动物被烧死，浓烟上升到高空。爆炸的冲击波形成猛烈的飓风，把半径32公里内牧民的帐篷刮得无踪无影，当时所有人都以为世界末日已经到来了。

"死丘事件"，大约发生在距今3600多年前，位于印度河中央岛屿的一座远古城市的居民几乎在同一时刻全部都死去，古城也随之突然毁灭。在古城发掘中，研究人员发现了许多人体骨架，从其摆放姿势来看，有人正在沿街散步，有人正在家休息。可以肯定，这场灾难是突然降临的，从而导致全城4万–5万人几乎在同一时刻全部死于来历不明的横祸，一座繁华发达的城市就这样顷刻之间变成废墟。在对"死丘事件"的研究中发现了一种奇特现象，即明显的爆炸留下的痕迹。爆炸中心的建筑物全部夷为平地，破坏程度由近及远逐渐减弱，只有最边远的建筑物得以幸存。在废墟的中央还发现了一些散落的碎块，这是黏土和其他矿物烧结而成的。罗马大学和意大利国家研究委员会的研究人员在对这些碎块做了化验以后得出结论：废墟当时的熔炼温度高达1400~1500摄氏度！按照常识，这样的温度只有在冶炼场的熔炉里或持持续多日的森林大火后才能达到，然而这座岛上从未有过森林，因而只能推断大火源于一次大爆炸。

和这两个爆炸事件相比，王恭厂爆炸有很多特异之处。根据目击者之一，司礼太监刘若愚记载：在五月初二夜里，前门角楼出现"鬼火"，发出青色光芒，有好几百团之多，飘忽不定。不一会儿，鬼火合并成一个耀眼的大团。而且，初六事发之前，后宰门的火神庙中曾经忽然传出音乐，

后宰门火神庙

在大爆炸发生之前，有人从这个火神庙里听到忽强忽弱的音乐。

一会儿声音细些，一会儿声音粗些。守门的内侍刚要进去查看，忽然有个大火球一样的东西腾空而起，俄顷，东城发出震天的爆炸声。佚名抄撰《天变邸抄》对王恭厂灾变记述极为详细。《天变邸抄》对这次灾变的描述是：天启丙寅五月初六日巳时(天启丙寅即天启六年)，天色皎洁，忽有声如吼，从东北方渐至京城西南角，灰气涌起，屋宇动荡。须臾，大震一声，天崩地塌，昏黑如夜，万室平沉。东自顺城门大街(今宣武门内大街)，北至刑部街(今西长安街)，西及平则门(今阜城门)南，长三四里，周围十三里，尽为齑粉，屋以数万计，人以万计。至于这次爆炸中心的王恭厂一带糜烂尤甚，僵尸层叠、秽气熏天……"

出事之时，明熹宗朱由校正在宫里用早膳。突然，他发现大殿震荡起来，吓得不顾一切就逃。内侍们惊得不知所措，只有一个贴身内侍紧忙跟着他跑。不料，刚到建极殿旁，天上忽然飞下瓦片，正巧砸在这个内侍的脑袋上，当即脑浆迸裂，倒地而亡。熹宗皇帝也顾不上他了，一口气跑到交泰殿，正好殿内墙角有一张大桌子，他连忙钻进去，总算躲过此劫。

综合起来，王恭厂爆炸有如下一些特点：

1、事先征兆特异。前门楼角出现的"鬼火"和火神庙内传出的音乐都给这次事件增添了无尽的神秘之处。

2、人群失踪，极为怪异。据记载，当时有一位新任总兵正去拜客，走到元宏寺大街时忽听一声巨响，他和他的7个跟班，连人带马无影无踪了。还有，西会馆的熟师和学生共36人，一声巨响之后，也没了踪影。还有，当时承恩街上有一八抬大轿正走着，巨响后，大轿被打破在大街上，而轿中女客和8个轿夫不知去向。更为奇怪的是，菜市口有个姓周的人，正同6个人说话，巨响后，头颅突然飞去，躯体倒地，而近旁的6个人却安然无恙。

3、石狮卷空，碎尸落地。爆炸之时，许多大树被连根拔起，飘落于远处。石驸马大街有一尊1000斤重的大石狮子，几百人都推不动，居然被一卷而起，落在10里外的顺成门外。猪马牛羊、鸡鸭鹅狗更是纷纷被卷入云霄，又从天空落下。据说，长安街一带，纷纷从天上落下人头人脸来。德胜门外一带，落下的人的四肢更多。一场碎尸雨，一直下了两个多小时。木头、石头、人头、人臂以及缺胳臂断腿的人，无头无脸的人，还有各种家禽的尸体，从天而降，绝对骇人听闻。

4、裸体奇闻。据记载，这次遇难者，不论男女，不论死活，也不管是在家在路上，很多人衣服鞋帽尽被刮去，全为裸体。据《天变邸抄》记述："所伤俱赤身，寸丝不挂，不知何故？"《日下旧闻》记有这么一件事，在元宏街有一乘女轿经过，只听一声震响，轿顶被掀去，女客全身衣服都被刮走，赤身裸体坐在轿车中，竟没有伤及皮肉。他们的衣服哪里去了呢？据《国榷》记载："震后，有人告，衣服俱飘至西山，挂于树梢，昌平县校场衣服成堆，人家器皿、衣服、首饰、银钱俱有。产部张凤奎使长班往验，果然。"

这场惊天动地大爆炸的消息迅速传遍了全国，从王公贵族到黎民百姓都震骇之极，人心惶惶。当时，国家政治腐败，宦官专权，忠奸不分，因此很多大臣认为这场大爆炸是上天对皇帝的警告，就纷纷上书要求熹宗匡正时弊，重振朝纲。皇帝一看群情激愤，也吃不好，睡不好，不得不下一道"罪己诏",表示要"痛加省修"。还下旨从国库拨出黄金一万两以救济灾民。

对于王恭厂特大爆炸,和通古斯大爆炸,死丘事件一样,几百年来一直众说纷纭,有人认为是地震引起的,有人说是火药自爆、也有人认为陨星坠落,或是由地震、火药及可燃气体静电爆炸同时作用亦有之。更有甚者,认为是外星人入侵、UFO降临等,但每一个观点都没有摆出无可辩驳的证据,使人完全信服。所以直到今天,这三起奇异的事件没有一个能为大多数人接受的合理的解释。

1986年,在天启灾变360周年,北京地质学会等20多个团体,发起了一次研讨会。专门用现代科学知识和手段,对这次灾变进行一次广泛深入的探讨,种种 说法莫衷一是。有地震说,火药爆炸说,飓风说,陨星说,大气静电酿祸说,地球内部热核高能强爆动力说,陨星反物质与地球物质相逢相灭说等等,但每一个观点都没有拿出无可辩驳的证据,都无法解释这场爆炸中出现的低温无火,荡尽衣物的罕见特征。看来,要解开这个千古之谜尚需时日。

永乐大钟

1、铸钟娘娘

永乐大钟铸造于明朝永乐年间,也就是公元1420年前后。公元1420年明成祖朱棣把都城从南京迁到了北京,为此他命人修了紫禁城、建了天坛,铸造了永乐大钟。修紫禁城是为了皇帝的起居和朝政,建天坛是

永乐大钟

在1924年以前，每天到了晚上七点的时候，北京人总能听到钟鼓楼里传来的阵阵钟鼓声。钟楼里每一声钟声的尾音都是：谐…谐…谐…虽说这声音很好听，但似乎里面却悠扬着哀怨。这时候，如果是冬天，外面北风呼啸，天黑得也早，妈妈们就会对孩子说："睡觉吧，钟楼打钟了…铸钟娘娘要自己的鞋了…睡觉吧，别吵了，铸钟娘娘…"这位在冥冥中要鞋的铸钟娘娘是谁？她的秘密就隐藏在这口驰名中外的大铜钟——永乐大钟里？

为了祭祀，而铸造大钟是为了什么呢？中国历史上曾有过秦始皇统一六国，收缴天下兵器，铸成了六口朝钟来庆贺秦朝建立的说法，那么，铸造永乐大钟是不是也是用来庆贺的呢？永乐大钟的铸造还有着更重要的原因！

这个原因就是——为了稳固皇权。我们都知道，朱棣并不是皇位的合法继承人。为了做皇帝，他以"靖难"之名把自己的侄子建文帝踢下大位。在他做了皇帝以后，心里很是忐忑，侄子的大位会被自己篡夺，自己的大位有什么理由相信不会被别人拿走？百般焦虑之中，想到一个法子：给人们套上一个符咒，用宗教的力量来拘束他们，这样他们就不会乱说乱动，这是朱棣当时想到的防止自己有一天一不小心也被踢下大位的最好的法子。于是就命令他的军师姚广孝收集天下兵器，铸一口世间从没有的大钟，上面刻上23万字的《华严经》全文。这样老百姓听到钟声就相当于听到了佛经，再苦再难的日子也会克制自己不会造反了。

中国铸铜的历史很悠久，夏代就有了铜器，殷周时期就已经铸造出了著名的司母戊鼎，所以铸造一口大钟应该是一件很轻松的事儿，况且北京城里又云集了全国各路的能工巧匠。可这回要铸造的这口大钟却有所不同：因为它是皇帝钦定的，这口钟不但体积要大，重量沉，还要声传百里。一个监官在领了旨意以后，就带着各路能工巧匠开始了铸钟的浩大工程。按照皇上的要求，这样的钟应该是前无古人的，一个月一个月的时间过去了，可一炉一炉出来的全是废钟，朱棣要求完工的时间却越来越近。工匠们尽了最大的努力，可是没有一点希望，就是造不出朱棣要的这口钟。几个月过去了，朱棣没有得到大钟的任何消息，派人一查，大钟还没有铸好！这下可不得了了，皇上龙颜大怒！责令再给三个月的时间，否则上到监官下到工匠都要带着脑袋来见我。这下可把大家急坏了，造这口钟并不是时间问题，而是技术问题。技术问题解决了，不要三月就能完成任务，可要是解决不了，十年也不够！

在这些为铸钟而发愁的工匠当中有一个上了岁数的老工匠，当他听说朱棣要三个月之内造出大钟后，开始茶不思饭不想，总是心事重重。这个老工匠有一个女儿，十七八岁，聪明可爱，平时天天给老父亲往工地送饭。当女儿发现父亲的情绪非常低落，就问父亲发生了什么事情，可是老工匠哪敢把要掉脑袋的事情告诉家里人啊？于是就敷衍几句了事。一转眼三个月的期限已到，大家知道没有希望了，大限的时刻到了，现在唯一要做的就是向家人告别。老工匠回家就把女儿叫到身边告诉她："女儿啊，明天父亲要出个远门儿，可能就回不来了……"女儿赶紧问为什么回不来了？要去哪啊？老工匠沉默了半晌，说："黄泉路！"女儿一听就哭了，老工匠就把铸钟难成的事情一五一十的告诉了她。女儿伤心过后突然跟父亲说："明早我陪您去一趟工地，如果还铸不好我就一起陪您上黄泉路。"

一转眼的工夫，天亮了。父女二人来到了铸钟厂，正巧最后一炉铜水正准备浇铸进模具。这时老工匠的女儿做出了一个令人不可思议的决定，她认为万物皆有灵性，钟声要好听也要有灵性！于是她走到炼铜水的大炉前，趁父亲没有注意一头扎进了铜水，瞬间化成了一缕青烟，冉冉升起……老工匠在女儿扎进滚烫的铜水的那一刻企图阻拦，但没有抓住，只抓到了女儿的一只绣花鞋！

为了纪念这位为了铸钟牺牲的姑娘，人们称她为："铸钟娘娘"。把北风呼啸的夜晚想像成她回来要那只留在人间的绣花鞋的日子。

2、永乐大钟与大钟寺

大钟铸成以后，大家诚惶诚恐地等着朱棣的评语，同时也在安排自己的后事。不料朱棣这次赞赏有加！那个每次敲击大钟之后随之而来的尾音让他欢喜不已，也许老工匠的女儿真的带给了大钟灵性？这个让朱棣喜欢的尾音就是来自她的生命？

永乐大钟造好后先是安放在了德胜门内的汉经厂内，在万历年间随着汉经厂的迁址，大钟被放到了万寿寺里。到了明天启年间，因为有人传天启年不适宜敲钟，皇上便命人把大钟放倒，直到这个时候北京城里还没有后来专门搁置这口大钟的大钟寺呢。大钟寺是清代雍正年间建成，正名叫觉生寺。雍正皇帝认为觉生寺是块风水宝地，适宜悬挂大钟，就下旨在五重殿后建个大钟楼，将永乐大钟从万寿寺里移到今天的大钟寺悬挂。但是不久之后雍正皇帝就驾崩了，没能实现这个愿望。一直到乾隆八年才选了个良辰吉日，实现雍正皇帝的旨意，将永乐大钟从万寿寺里移到今天的大钟寺悬挂。

这皇上上嘴唇一碰下嘴唇，说挪钟就挪钟！哪那么容易啊？当时永乐大钟被放倒在位于今天紫竹桥的万寿寺里，大钟寺则在今天的联想桥边上。永乐大钟重达46.5吨，大清朝那会儿又没有吊车，这么远怎么挪动啊？但乾隆可不管这个。他就会下圣旨，至于怎么执行，那是那些监

SI HAI MAN YOU
BEI JING PIAN

工和工匠的事儿。

夏天下的旨意，可直到秋天大钟愣是稳丝没动。这就意味着又要有人被杀了！真是历史的巧合！明朝时铸钟工匠为不能按期交工而有可能被杀，到了清朝，工匠们为了挪钟却也遇到了同样的事情，这冥冥之中是不是有什么联系呢？大钟能顺利的被运到大钟寺吗？

秋天很快到了，天下着秋雨，工匠们挤在一个工棚内喝着闷酒，钟怎么也挪不动，把大家都急坏了。这喝酒的桌子其实就是一条青石，大伙围坐在一起。可巧这工棚还漏雨，青石桌子上全是雨水，谁也没有心思去擦干这些水。其中一个工匠没少喝，很快感觉醉了，就对另一个人说："来，我喝多了，你替我喝一盅。"说着他刚要拿酒盅，不想这青石桌子沾了水，很滑，酒盅被碰洒了。他有自言自语道：盅太滑了……话刚一出口，所有的工匠立刻都瞪大着眼睛说："你再说一遍？！""桌子上有水，盅太滑了。"他又说了一遍。大家拍着大腿说："好主意！盅太滑了！咱们从万寿寺挖条沟，浇上水，等到冬天结上二尺冰，咱们把钟滑到觉生寺不就行了？！"

这故事虽然有些演义，但这永乐大钟确实是这么移过去的。大钟顺利地移了过去，可是永乐大钟重46吨半，今天的吊车想吊起这个大家伙也是很费事的，在清朝，工匠们是怎么挂起它的呢？

用堆土的方法！先将大钟推到土堆上，土堆下面就是钟楼的底座。四周十六根柱子和大梁全是楠木的，将柱子坑挖好，把这些柱子连成一体，使大钟的重

乾隆题匾"华严觉海"

这个乾隆的题匾今天仍然悬挂在大钟寺里。

量平均分散在每一根柱子上，然后把钟挂好，清理开钟下的土堆，大钟就挂好了，最后再盖上钟楼的顶子。就这样大钟顺利地挂在了今天的大钟寺。乾隆还亲手题了一块匾"华严觉海"，现在在大钟寺还可以见到这块匾。

关于永乐大钟悬挂结构在力学方面的合理性，以往专家已经做过科学的计算和论证。挂钟的穿钉能承受40多吨的永乐大钟而百年不断确实是一个铸造史上的奇迹！之所以能够如此结实是因为那根穿钉里铸进了一根相当于我们今天所用的碳钢的钢芯。挂大钟的穿钉，加上楠木支架，所有的这一切保持几百年不坏，可见当时我国劳动人民的智慧和科学技术是相当的发达。

如今永乐大钟依然矗立在大钟寺内，百年不倒。一口大钟引出许许多多的故事，值得我们去回味。当我们再次踏进大钟寺的时候，也许就是因为我们知道了永乐大钟的坎坷往事，所以我们不再是匆匆的看客。

如今的大钟寺已经翻修一新，它是全国唯一的一座以大钟为主题的博物馆。里面最有名气的肯定是永乐大钟，但北京几百年来各朝各代所留下的大钟如今也存放在这里以供展览。而且不仅有中国钟，也有外国钟。一部分是传教士当年带来的，还有是各个国家赠送的，种类繁多。如果您有兴趣的话不妨也去参观一下。

图书在版编目(CIP)数据

四海漫游.第1辑，北京篇/《四海漫游》节目组编.
—北京：华艺出版社，2008.6
ISBN 978-7-80252-018-9

Ⅰ.四… Ⅱ.四… Ⅲ.旅游指南—北京市 Ⅳ.K919

中国版本图书馆CIP数据核字(2008)第090190号

四海漫游（第1辑）北京篇

选题策划：宋福江

责任编辑：宋福江

特约编辑：郭　洪

装帧设计：水晶方设计工作室

出版发行：华艺出版社

社　　址：北京北四环中路229号海泰大厦10层

邮　　编：100083

电　　话：010-82885151-222；82885023

E-mail：fujiang＿song18@sina.com

印　　刷：北京楠萍印刷有限公司

开　　本：710×1000　1/16

字　　数：203千字

印　　张：14

版　　次：2009年1月第1版第1次印刷

书　　号：ISBN 978-7-80252-018-9/Z·525

定　　价：38.00元

华艺版图书，版权所有，侵权必究。

华艺版图书，印装错误可随时退换。